# THE BEGGAR KING AND THE SECRET OF HAPPINESS

# 乞丐國王的時光指環

## 經典歸來新譯版

殺不死我的，都會變成一則故事

裘爾・班・伊齊
Joel ben Izzy 著
洪世民 譯

推薦序

# 一趟從失落到重生的生命之旅

宋怡慧

生命就像萬花筒，透過轉動的角度，折射出畫面的豐富與美麗。這本書以精妙的故事編織人性中最珍貴的織錦：將作者的生命經歷與各國的故事融合，以文字醞釀智慧，等待讀者來翻閱。一如以撒．辛格說：「在故事的世界裡，什麼都不會失去。」置身在故事的國度，我相信，每個人都是自由的。

在時光長河中，故事的清淺永不停歇，綿延不絕，承載著人類最深沉的喜悅與哀愁。在這本書中，你會讀到關於所羅門王的故事。原來，從人生至高處墜入谷底，從尊貴王座到流落街頭，這些細節展現生命的無常與超越。這個古老寓言原是說書人裘爾．班．伊齊常講的版本，卻在他三十七歲時於生命中重演了——甲狀腺癌奪走了他賴以為生的聲音，讓這位專業說書人頓失生命的倚靠。就像馬克．吐溫所說：「真實比虛構更離奇……虛構必須忠於可能性；真實大可不必。」我們所仰望的，是光明抑或是黑暗呢？

在沉寂的日子裡，恩師雷尼給作者最意想不到的思維轉彎：或許，失去聲音是你這輩子遇過最美好的事。這句話如同當頭棒喝，讓袞爾開始思考：也許人生沒有絕對的好壞，每個轉折都暗藏著智慧的種子。正如禪宗大師鈴木俊隆所言：「始終保持初心」，就是回到原點，那個寂靜中覺醒的自己。

因而，從「說故事的人」到「聽故事的人」，袞爾的轉變印證母親常說的話：「一扇門關了，一扇窗就開了。」他開始聆聽他人的故事，特別是罹癌母親的生命故事，這讓他領悟到：每個失落都可能是找回自己的契機，我們往往在困境中照見自己，也找到生命的意義。一如所羅門王重返王位時，已不再是那個驕傲的君王，而是一位能體察民間疾苦的智者。同樣的，當袞爾重獲聲音時，他已蛻變為一個更具深度的分享者。正如印度詩人泰戈爾說的：「自己活成一道光，因為你不知道，誰會藉著你的光，走出了黑暗。」那就是從黑暗淬煉而來的永恆啟示。

我們都渴望得到，害怕失去。但書中的每一個故事，都是一顆智慧的種子；每一滴淚水，都孕育著希望之花。流水叩響季節的跫音是永不停歇，猶如故事是承載人類喜悅與哀愁的翅膀，帶著我們翱翔在廣袤湛藍的天空。

這不僅是一本關於生命、智慧、重生的書籍，更是一盞為在黑暗中摸索的人點亮的燦燈。它告訴我們：在困境中沉澱，在喧囂中靜觀，在失去中領悟，我們的心就能破繭而出。真正的幸福不在於永遠完滿，而是能在破碎中找到重生的力量。同時，人生沒有壞事，只要發生了，都會是好事，因為每個看似殘酷的轉折，都可能是造物者精心安排的祝福。

（本文作者為新北市立丹鳳高中圖書館主任、作家）

推薦序

# 無法說出故事，但開始成為故事本身

羅志仲

這是一本奇特而好看的書，一讀就會停不下來，因為作者太會講故事了。

作者裘爾原本是個說書人，以說故事為生。偏偏造化弄人，甲狀腺癌奪走了他吃飯的工具：聲音。他再也無法說故事了——他開始成為故事本身。

這大概就是靈性導師阿迪雅香提所說的「兇猛的恩典」。裘爾接下來的人生故事，甚至比他說出來的故事更波瀾壯闊，更疑幻疑真，你永遠猜不透：接下來會發生什麼事？他又會用什麼方式說故事？這或許是本書最引人入勝之處。

書中每一篇一開始，都會先說一個寓言式的小故事，有些耳熟能詳，像是〈塞翁失馬〉，有些則耐人尋味。作者總是有辦法將這些看似不相關的寓言故事，與他自己的生命故事巧妙串在一起，鎔為一爐，形成一篇篇意味悠長、發人深省，卻沒有說教氣息的好故事。

你可以將這本書當成一般故事書，享受閱讀之樂，也可以將它當成心靈成長的書，讓內在得到滋養。

許多心靈成長書籍都會出現一個導師式的人物，來指導主角該如何面對人生困境，這本書也不例外。但書中的導師雷尼卻是個非典型導師，他渾身缺點，很惹人厭，作者裘爾便是因此被他氣跑了。而他卻在裘爾人生最低潮的時候意外現身，儘管依然討人厭，卻逐漸閃耀出智慧的光芒……

「人生是嚴厲的老師。她會先給你考試，然後才開始上課。」「要麼是人生想藉此對你說『滾吧你』，不然就是——或許你會得到一輩子的禮物。」「說不定啊，失去聲音，是你這輩子遇過最美好的事？」

這些，都是雷尼閃閃發亮的金句。而裘爾，也在罹患甲狀腺癌後，逐漸從抗拒變得接納。有一段美妙的敘述，特別能刻畫出他的改變：

「從在醫院的那天早上開始，每一個聲音都經過嫉妒的過濾，傳入我的耳中：說話的人都擁有我沒有的東西，我好渴望它，勝過我曾經渴望過的任何事物。現在這個濾網消失了，我又再一次能夠欣賞周遭聲音的美好。」

曾經大病一場或從低谷中走出來的人，對於裘爾這樣的領悟，大概能會心一笑。

這就是人生，不是嗎？

這是一本值得一讀再讀的經典之作，無論是幾歲來讀，都能從中汲取養分，也享受閱讀的樂趣。

（本文作者為人際溝通講師、身心靈工作者、著有《重啟人生的17個練習》《和解練習》）

# 好評推薦

第一次會翻這本書，是因為看到某個藝人將這本書視為一生必看的書，後來我把這本書看完了，它也變成了我心中一生必看的書。

——文森說書，YouTuber

這是一本很美的書，充滿來自中國、印度、波斯和耶路撒冷等地的古老故事，這些故事幫助說書人裘爾度過失聲的黑暗時期，重新回到光明與聲音中。太精采了！

——格蕾絲．佩雷（Grace Paley），美國短篇小說家

這是我讀過最痛苦又令人捧腹大笑的故事之一……我感到謙卑。

——莫琳．科里根（Maureen Corrigan），美國NPR廣播節目《Fresh Air》書評人

溫馨感人與睿智，而且文筆精湛。

——《底特律自由新聞》（*Detroit Free Press*）

娓娓道出啟迪人心的智慧，就像暢銷書《最後十四堂星期二的課》一樣。

——《達拉斯晨報》（*Dallas Morning News*）

邀請讀者將自己的人生視為一個充滿意義、無法預測的故事。

——《舊金山紀事報》（*San Francisco Chronicle*）

非常有原創性。

——蘿拉・史萊辛潔（Laura Schlessinger），美國電台主持人

這個故事會觸動讀者內心深處的人性。

——猶太文學網站 Jewish Book World

# Contents

## CONTENTS

在故事的世界裡，什麼都不會失去。

——以撒．辛格，諾貝爾文學獎得主

序曲

# 乞丐國王

讓我跟你們講一個故事，很久很久以前，在耶路撒冷古城，所羅門王君臨天下的時代。權力如日中天的他，以智慧聞名於世，因而讓耶路撒冷進入黃金盛世。他是天底下最幸福的人，要不是那場怪夢，他本來還能這樣幸福下去。

在一個悶熱的夜晚，所羅門王做了那個夢。夢中，他見到寢室的門敞開，感覺到一陣涼風襲來。不一會兒，他亡故多年的父親大衛王走了進來。從另一個世界來的老國王對兒子說：天上也有一座耶路撒冷城，跟人間的耶路撒冷一模一樣，只有一點不同——天上那座城的正中央，矗立著一座宏偉的神殿。

「你聽好，兒子，你也得蓋一座這樣的神殿。」他詳盡描述了那座建築，連石材的大小和形狀都沒放過，所羅門王敬畏地聆聽。「最後還有一件事，是最重要的。」大衛王又說：「你絕對不能使用金屬來建造。金屬是拿來鍛造戰爭兵器的，但神殿是和平的象徵。」

所羅門王提出疑問：「可是父王，不用金屬，我要如何鑿石塊？」

大衛王沒有回答，一轉眼便消失無蹤，他的夢也醒了。

隔天一早，所羅門王召來群臣，細述前晚的怪夢，並宣布他計畫遵照父王的描述與建神殿。在說到大衛王希望不用金屬鑿石塊時，群臣覺得匪夷所思，跟所羅門王一樣大惑不解。

唯獨他最信任的策士比拿雅提出計策：「先王曾提及一種名叫夏米爾的小蟲。據說不過一粒大麥大小，卻能鑿開石塊。事實上，當年上帝親手交給摩西刻寫《十誡》的，就是夏米爾。」

「哪裡可以找到夏米爾？」所羅門王問。

「啟稟陛下，牠已多年不見蹤影。」比拿雅遲疑了一下，又開口說：「自牠落入大魔王阿胥瑪戴之手，就再也沒人見過了。」

所羅門王的朝廷頓時鴉雀無聲，因為大家都曉得大魔王的厲害。唯有所羅門王一無所懼。「很好，那我就召見阿胥瑪戴吧！」

所羅門王看著廷臣驚惶的臉，然後目光轉移到他右手戴著的戒指。這枚父親送給他的金戒指，樸素卻擁有強大法力，因為上頭刻有神不為人知的名字。

所羅門王曾用這枚戒指使喚一些小魔頭。但從來沒有人召喚過大魔王——他住在山為銅鑄、天是鉛造的世界盡頭。

所羅門王搓了搓戒指，在場朝臣紛紛退避。剎時，一團巨大火球出現面前，當烈焰逐漸消失，阿胥瑪戴赫然矗立其中。眾人見狀無不驚詫，因為魔王足足有兩公尺半高，一身藍皮膚閃閃發光。他腳生雞爪、背長鷹翅、頭如蜥蜴、性烈似公驢。

「哎呀，哎呀！這可不是所羅門王嗎！」阿胥瑪戴說，聲音和他的皮膚一樣滑溜：「偉大、英明、大權在握的所羅門王啊！怎麼坐擁大好江山還不滿足呢，現在連黑暗的王國都要侵犯？好啦，陛下，請告訴我，你召喚我來，有何貴事呀？」

「我要那隻名叫夏米爾的蟲子，我要讓牠來為我的神殿鑿石塊。」

「就這樣？」阿胥瑪戴問：「喏，拿去吧！」他說，掏出一只小鉛盒。

「現在，我要你放我回去！」

所羅門王說：「不行。不是現在。我要把你囚禁在這裡七年，待我建好神殿，以免你或其他惡魔搗蛋作亂。神殿一落成，我會問你一個問題，只要給我答案，就會放你自由。」

阿胥瑪戴語帶嘲弄說：「英明的所羅門王要問我問題啊？會是什麼樣的問題呢？」

「我得好好想一想。」

阿胥瑪戴回說：「那好吧，我就在這裡等你慢慢想。」

阿胥瑪戴囚禁宮裡後，怪事開始發生。一天，所羅門王視察完神殿工程回來，見到宮中所有柱子都變成樹木，枝繁葉茂，還結滿無花果、柑橘、石榴等成熟甜美的果實。還有一晚，他抬頭見到金幣像雨點一樣從宮殿穹頂落下，一觸地就瞬間消失。有時所羅門王會聽到悠揚樂音，但一凝神聆聽，就什麼聲音也沒有。阿胥瑪戴是製造幻境的高手，而這些幻境一再迷得所羅門王神魂顛倒——也惹怒了他，因為它們一再挑釁他對世間的理解。每被愚弄一回，所羅門王就覺得自己的王冠又少了一顆寶石。就這樣，過了七年，在一切細節完美無瑕的神殿大功告成時，所羅門王對阿胥瑪戴說：

「現在，依照約定，我要問你一個問題，只要給我答案，就讓你恢復自由。這些年來，我見識到你製造的不少幻境。身為最高仲裁者，常常會有人請我判別真實與虛幻。現在，我只想問你一個問題：關於虛幻，有什麼是你可以教我的？」

聽到這個問題，阿胥瑪戴放聲大笑，放肆又癲狂的笑聲響徹整個耶路撒冷。「虛幻！」他咯咯笑著說：「偉大英明的王啊，你可真會折騰惡魔啊，竟然想了解虛幻的事？噢，不行啦，陛下。這太離譜、太荒謬了，門兒都沒有——」阿胥瑪戴突然停下不說，蜥蜴般的臉咧嘴而笑：「除非——你願意把戒指摘下來？」

「我的戒指？」所羅門王說：「你要我摘下戒指？」

所羅門看著戒指，回想父親的話。「只要你戴著它，」父親曾說：「就能得到保護。要是你摘下來，哪怕只是一下子，誰也不知道會發生什麼事。」

而現在，阿胥瑪戴正在面前慫恿他。「是啊，所羅門王。希望了解我知道的虛幻，就必須摘下你的戒指。」

「不行！」所羅門王說。

「好啊，那你就別想從我這裡了解虛幻的祕密了。」

「那我就不放你自由囉！」

「無所謂啊。時間對我毫無意義——不像你們這些國王，魔王可是長生不死。要等，我樂意奉陪。」說完，全身捆著鏈條的他一屁股坐下，哼起歌來。

所羅門王太想知道阿胥瑪戴會怎麼說，獨自思索了一會兒，最後決定召來群臣商量。眾人一致認為摘下戒指不是好主意。甚至有人表示這是不智之舉。

「不智！」所羅門王怒斥：「你好大的膽子，竟敢教我什麼是明智？我可是偉大的所羅門王，智慧名滿天下啊！」

「對嘛，陛下。」阿胥瑪戴火上加油：「你這樣絕頂睿智的王者，幹麼聽他們的？」

所羅門王的臣子住嘴了，怕阿胥瑪戴，也怕國王。他們知道自己說再多也沒用，因為所羅門王心意已決：「好，我這就摘下戒指。等你一回答完，我就立刻戴上。」

所羅門王將阿胥瑪戴移至宮殿的另一端，派二十四名衛兵團團圍住他，自己則站在對面的角落。

「對，就是這樣。」阿胥瑪戴說：「取下你的戒指！」

所羅門王慢慢將戒指從手指褪下。起初，什麼也沒發生。然後，一陣清風在宮殿內徐徐吹起。不一會兒，風越來越強，變成陣陣狂風。所羅門王定睛一看，這才驚恐地發現，風是來自阿胥瑪戴的翅膀。他每拍一下，身體就脹大一倍，從兩公尺半變五公尺，五公尺再變十公尺，直到頂到天花板，掙脫鎖鏈，笑聲還震破窗玻璃。

「所羅門王，你這蠢蛋！你不該摘掉戒指的！」他伸手一把奪走所羅門王手中的戒指，立刻從宮裡一扇小窗扔出去。戒指飛過耶路撒冷上空，越過遙遠的山丘，飛過高山和海洋，最後落到世界最遠的彼端。

「好啦，現在，所羅門王，輪到你囉！跟你的王國說再見吧！」說完，阿胥瑪戴抓住所羅門王的肩膀，將他整個人拎起來，從宮殿另一側的窗戶丟出去。所羅門王就這樣飛過他心愛的城市，越過山丘與海洋，飛了好幾個鐘頭，才落在一片無垠的沙漠中。

他在那裡躺了很久，全身痛楚，口乾舌燥。他勉強站起來，開始漫無目標地走來走去，不知所向，直到日落時分，他無意中來到一池水邊。跪下來喝水時，他看到一樣令他驚恐萬分的東西——自己的倒影。

他頭上那頂海洋生靈贈與、鑲滿世上所有珍貴寶石的王冠，已不知去向。身上那件風送給他的華麗王袍，也破爛不堪，看起來像破布一樣。而他的臉，曾經是全耶路撒冷最俊美的臉龐，現在變得像老人一樣飽經風霜。

就這樣，迷茫而無人認得的所羅門王開始流浪。他萬萬沒想到，竟然要經過這麼多曲曲折折、徒勞的奮鬥，才能回到他心愛的耶路撒冷。這是一段無比漫長、將持續一輩子的旅程……

我並不是所羅門王，也不敢妄稱有他的智慧。我的旅程也不能與王者的旅程相提並論，我只是一名人夫、人父，一個以講故事為業的說書人。不過，就像我常常講述的故事裡的所羅門王，我也落入了一個自己料想不到的境地，開啟了我再也無法理解的人生。

我的旅程帶我走進故事的世界。在這個世界裡，我學到故事對人變的把戲，發現故事如何從悠遠時間的深處湧現出來，帶來教訓與指引，甚至如果我們願意，故事還能療癒傷痛。我也學到故事可能怎麼愚弄人，特別在我們自以為透徹理解故事的時候，它們是如何巧妙地把真理藏在顯眼到令人視而不見的地方。其中一些真理把我絆倒，讓我偶然撞上所羅門王在旅途中必然學到的教訓——唯有經由失去，才可能學到的教訓。

我會訴說我的故事——我的真實故事，同時分享自己發現的真理。但首先，且讓我說明我所謂的「真」是什麼意思。「真」這個字，我的用法和其他說書人一樣，也跟我的老師雷尼有次講到「真」時一樣。那時他剛告訴我一個令人稱奇的故事，是關於他養過的一條黃金獵犬和一輛藍色六七年的福特野馬敞篷車——然後我問他這個故事是不是真的。

「真的？」他勃然反問：「你說的『真的』是什麼意思？你想知道那是不是完全照我講的那樣，一字不差地發生？沒什麼差別吧。你不如問我那是不是好故事，因為好故事就是真的，不論故事內容到底有沒有發生過。而爛故事，就算真的發生了，也是謊話連篇。」

他露齒一笑，繼續說：「你該問的問題，不是故事是不是**真的**，而是故事中是否蘊含**真理**，那種真確不移的道理。而這個謎唯有時間才解得開。但是裘爾，我警告你——千萬別跟那些渾蛋一樣，以為你會講故事，就已經明白故事裡的所有真理。在這世上，有好多故事得在你的腦袋裡喋喋不休二十年，隱藏的那一丁點真理最後才會展露出來。」

這樣的一丁點道理，雷尼多年下來已經積累了好多，它們就像沙子黏在砂紙上一樣，牢牢依附著他，或許也造就了他的性格。但直到現在，每當我要用「真」這個字，他這番告誡便浮現腦海。

因此，我基本上會如實講述自己的故事，就算過程中更動某些部分，也是我們說書人會做的事。然而，你在讀這本書的時候，可能會覺得有些情節完全難以置信。這我可以體會，因為當初這些事發生時，我也同樣不敢相信。這些部分是我無法編造的，所以我會讓它們原封不動。就像馬克·吐溫所說：「真實比虛構**更**離奇……虛構必須忠於可能性；真實大可不必。」

好啦，請你坐下來，靠著椅背，聽我訴說自己的故事，這段旅程帶我經歷黑暗時光，卻也給了一份我珍視的禮物。

這份禮物就是現在我要傳達給你的故事：一個關於失去的馬與尋得的智慧、關於深埋的寶藏與野莓果、關於乞丐國王與幸福祕訣的故事。

故事起源：中國

# 塞翁失馬

很久以前，在中國北方一個村落，有個人養了一匹駿馬。這匹馬相當漂亮，很多人因此特地從數里之外前來欣賞。他們跟主人說他真有福氣，能擁有這樣一匹馬。

「或許吧！」他說：「但福氣說不定是壞事啊。」

一天，那匹馬跑走了，不見蹤影。眾人紛紛前來安慰，為他的不幸表示遺憾。

「也許不幸。」主人說：「但怎知這不是福氣呢。」

過了幾星期，那匹馬回來了，而且不是獨自回來，後頭還跟著二十一匹野馬。依當地規定，這些馬全歸他所有。他擁有好多馬了。

鄰居再次前來道賀。他們說：「你真的好有福氣啊。」

「可能吧。但福氣說不定是壞事呢。」

不久，他的兒子——家中唯一的孩子，想騎其中一匹野馬，結果從馬上摔下來，跌斷腿。鄰居又來表示慰問。他真的好倒楣啊。

「可能吧。」他說：「但倒楣的事情說不定是福氣啊。」

幾星期後，君王來到村裡，徵召所有四肢健全的年輕男子從軍，對抗北方民族。那場戰爭十分慘烈，村裡從軍的年輕人全部戰死，只有養馬人家的兒子因瘸腿而保住性命。

時至今日，那個村子裡還流傳著這麼一句話：「塞翁失馬，安知非福。塞翁得馬，安知非禍。」

# 1 塞翁失馬

我成為說書人這件事，本身就是一個故事，一個禍福相倚的故事。我當然不是天生吃這行飯的，不過我遇過不少相當有天分的說書人。我曾在愛爾蘭最南端的一家酒館裡聽到真正的「古老傳說傳承者」吟唱古代歌謠，蕩氣迴腸，你彷彿可以聽到他的祖靈同聲唱和。也曾在耶路撒冷的猶太區認識一位哈西迪教派的講經人，他的血統可溯至十八世紀的傳奇說書人，布列茲拉夫的納赫曼拉比。還有一次，我在夏威夷歐胡島北岸與一位女士同台，她獲選為自己先祖五千年故事的傳承人。

至於我，並沒有具備這樣的資歷，這總讓我在遇上其他說書人時覺得自慚形穢。我是在地表最不具魔幻色彩的地方長大：洛杉磯東邊郊區的郊區。我家那裡沒住半個電影明星，沒有海灘——湖泊溪流池塘什麼的，也都沒有。事實上，就我們所知，那裡毫無地理景觀可言；雖然大家都說北方有紫色的山脈，但我們無法穿透重重煙霧看到真面目。

我家那裡叫「聖蓋博谷」——別跟那個鼎鼎大名的「谷地」（矽谷）搞混了。我們那裡是「另一個谷地」，一個平坦無起伏的世界，四面八方都有無盡延伸的筆直街道銜接高速公路。那些高速公路又銜接其他高速公路，通往更遠的高速公路。這就是我從小認識的世界。

我也不能說自己在充滿故事的家庭長大。事實是：說故事要花時間，而我爸媽的時間都花在努力不讓我們的世界崩塌，必須與貧窮和爸爸日益惡化的健康奮戰。我們家算是由小康到家道中落，而為了不讓家境陷到更糟，爸爸跌跌撞撞換了十幾種工作。他夢想能為家裡幹些了不起的大事，可是每當那些計畫又沒逃脫付諸流水的命運時，他就會開個玩笑或說句諺語來排解失落。我認為，要不是總有干擾，這些玩笑和諺語原本有機會發展成長一點的故事。它們通常是被電話鈴聲打斷的。爸爸會衝去接聽，生怕錯過那通無比重要的來電——那通一定會讓我們變有錢的電話、那通讓全家就此脫離救濟的電話。但這通電話始終沒有打來。

至於我媽，她其實不算講過故事給我們聽，而是在開車載我們於鎮上繞來繞去的時候提到故事。

「你們一定聽過海烏姆的故事吧？就是那個全鎮都是傻子的猶太人城鎮？」

「沒有，我們沒聽過。」我哥會跟我異口同聲說：「講給我們聽！」

「海烏姆啊……」她又說一遍，一絲夢幻經由這個詞的喉音透了出來：「你們一定聽過啦。它在波蘭。那裡一年到頭都在下雪。噢，海烏姆的故事最好聽了。」

「快講給我們聽嘛！」

「噢，我們以前愛死那些故事了。其中一個故事在講海烏姆人蓋神殿，從山頂把木頭扛下山——哎呀，我不會講故事啦！」她會這樣賠不是：「你們的伊齊外公很會講。我們會坐著聽他講上好幾個鐘頭。」她講到這裡便不了了之，在我腦海留下遠在克里夫蘭的伊齊外公超會講故事的畫面。多年以後，當我開始成為說書人時，就借用他的名字當藝名——裘爾．班．伊齊，希伯來文的意思是「裘爾，伊齊的後人」。但我小時候不知道自己日後會這麼做。當時我只知道少了什麼魔幻的事物，取而代之的是煙霧。我們搖上車窗，以免它瀰漫進來，而整部旅行車頓時變成真空狀態，充塞著未說出口的故事，在沒有盡頭的郊區蜿蜒前進。

正是因為欠缺魔幻，我才四處尋找魔幻。我永遠記得自己找到它的那一天。那時我應該五歲左右吧。兩個哥哥上學去了，我和媽媽逛超級市場。我看得出她很難過，後來才知道那時她剛得知爸爸必須再去醫院開一次刀，這一次是開白內障。我想做點什麼讓她開心，最後我在蔬果區找到了。

我說：「媽咪，妳看！那條茄子——長得好像尼克森喔！」

是真的像到令人吃驚——茄子頭彎曲的樣子，神似尼克森的鼻子。但更令我驚訝的是媽媽的臉：聽到我這樣說，她笑逐顏開，整個亮起來。逗她發笑，把她拉出悲傷，是多麼美妙的事啊——哪怕只有一剎那。短短一句話，就足以一掃陰霾。此後我開始蒐集笑話，一有機會就講給她聽。這對爸爸也有效。只要能把他逗笑，就會聽到那種發自內心、中氣十足的笑聲——那種健康人的笑聲。然後我也會跟著笑。在這些時刻，我覺得跟他好親、好親。

我成了娛樂爸媽的專屬表演者，會演傀儡戲和喜劇給他們看。爸爸住院時，我會去醫院講笑話和故事給他聽。講給媽媽聽的時候，是在每晚就寢前。為生活重擔筋疲力竭的她，會走進我房間，坐在床邊跟我說：「袞爾，說個故事給我聽。」

那時並不知道我已找到一輩子的工作，但我的確知道自己好愛講故事給媽媽聽。我說的是一個遠超乎我們所知的世界，這個國度裡的天空沒有煙霧，窮人會致富，病人會恢復健康。我每說一個故事，就覺得那個世界變得更真實；我可以看到它映在媽媽的眼底。我也知道，總有一天要逃到那個世界。

猶太文化有滿滿的詛咒：「願你像洋蔥一樣成長，頭在土裡，屁股朝天空。」「願你過得像吊燈——白天懸著，夜晚燒。」「祝你一口爛牙，掉到只剩一顆，還讓你痛不欲生。」不過，在我聽過的所有詛咒中，最奇怪的大概是這句：「祝你做自己熱愛的事過活。」的確，這句話乍聽下完全不像詛咒，倒像是會在我目前居住的柏克萊大賣的勵志書名。

然而，經過這許多年，我將對故事的熱愛轉化為謀生之道的過程中，我慢慢體會這句話的含意了。「巡迴說書人」絕非不容錯過的事業選擇，我也不只一次打算放棄。在曼徹斯特受困雨中、身無分文又沒有工作的時候。在特拉維夫病到沒辦法上工的時候。在東京地鐵破產又疲憊不堪，不知自己到底在做什麼的時候。然後一個聲音從我腦袋冒出來：「天啊，裘爾，你為什麼不能找份正當的工作，真正賺得到錢的工作？要不要去念法學院？」那不是我爸媽的聲音；他們倒是很愛我的故事，也對我啟程追逐夢想欣喜雀躍。不，不是來自他們，而是理性的聲音。

我一次又一次跌跌撞撞，滑落到我以為的谷底，每當我覺得情況已經壞到不能再壞了，沒想到竟然還能更糟。然而，每當絕望的觸手開始掐緊我時，總會有一件事情冒出來——通常是下一檔通告。等到上台演出，我又有故事可說了。這就是做我這一行的魅力：殺不死我的，都會變成一則故事；只要能讓我說出這個故事，一切就會好起來了。

一領悟這個道理，工作開始源源而來，我發現自己也有餘力追逐另一個夢想了：一個我太深切渴望，因而連想都不敢想的夢想。我要娶一名出色的女子，共組家庭。我們的孩子會有一個與我截然不同的童年：有健康的雙親、銀行戶頭裡有錢，也遠離我成長的郊區。他們成長的家庭會充滿魔幻、笑聲——還有故事。

一天晚上，這名出色的女子在我說故事的派對上出現了。我對她一見鍾情。我看得出來，她也喜歡我。但她有自己的夢想，當中並不包括要把她的命運和一個巡迴說書人的命運綁在一起。從她對我說的第一句話就可以清楚看出這點：

「所以，你的正職工作是什麼？」

她名叫塔莉，我花了三年工夫，竭盡所能，才贏得她的芳心。追她這件事，可不像我選的那份非主流職業；儘管我在觀眾面前講故事遊刃有餘，但一遇到親密關係，就只能苦苦掙扎。鄉村歌手瓊．拜雅說得好：「對我來說，最簡單的關係是和一萬人相處。最難的是與一個人相處。」我跟好多男人一樣，不曉得怎麼表達自己的情感。認識塔莉後的那三年，我學到好多與人相處的道理，不是把她當聽眾，而是當成朋友和搭檔。然後，我們終於從彼此吸引走入了婚姻。

步入婚姻的一開始並不容易；結過婚的人都知道這需要付出努力。但我們都盡了力，愛情也日漸加深。我們搬進藏身加州大學柏克萊分校後山裡的一幢百年紅木屋。早春時節的一個美好午後，我們就坐在這個家的後陽台上，看著兒子和女兒努力把院子裡橡樹的落葉耙在一起。那年的小蒼蘭初開，空氣洋溢著黃花的芬芳。我四處看了看，深吸一口氣，頓時意識到，我辦到了。就在這時，我輕嘆一句：

「現在我真的好幸福啊。」

我覺得塔莉根本沒聽見我說的話。她要是聽見，一定會「呸呸呸」連三呸——猶太人趨吉避凶的傳統。但我並不擔心自己烏鴉嘴，什麼都不擔心。我相信，現在什麼都擋不住我。只要我戴上自己的灰軟呢帽，一定可以把任何詛咒變成祝福。瞧，我以為自己已經找到幸福的祕訣。而我打定主意要這樣幸福下去。

「人一打主意，上帝就發笑。」這是爸爸從前常說的一句話，也是他最喜歡的意第緒諺語，我聽他說過不下千遍。然而，我一定漏聽了什麼，否則不會蠢到宣告自己很幸福。

就在我說出這句話後的隔天早上，上帝似乎逮到機會要嘲笑我了。就這麼剛好，那天是普珥節，猶太人頌揚命運迂迴曲折的節日。普珥節背後有個故事：一名惡徒密謀殺光猶太人，但他沒料到，王后也是猶太人。最後他命喪自己為別人搭建的絞刑台，換別人額手稱慶。由此可知這是典型的猶太節日：「他們想殺掉我們，沒殺成。咱們大吃一頓吧！」

那天早上，我從一場詭異的夢中醒來：夢裡我走下家裡的樓梯，將鋼琴高高舉過頭頂，然後砸向我的右腳大拇趾。奇怪的是，醒來後，我發覺腳趾真的腫了，而且劇烈抽痛。

塔莉看到時這麼說：「你最好打給醫生。」

「不用啦，又沒什麼。」

「裘爾，那不太對勁，看看你的腳趾！我的天啊——看起來好像要爆了！快打給醫生啦。」

「又沒什麼。」

我一直很忌諱看醫生，畢竟看過太多醫生領著我爸走向死亡。反觀塔莉，她奉守的是這句格言：「未經診斷證明之前，全當癌症。」因此，她一天到晚看醫生，也總是帶著好消息回家。

「裘爾，你到底要不要打給醫生？」早餐時，我才吃完燕麥片，她又問了一遍。

「妳看，真的沒什麼啦，一會兒就消了。」

當我一手拎著故事袋，一手抱著普珥節的服裝往門口走，趕赴三場公演的第一場時，她又開口：「你連路都快不能走了！你這樣是要怎麼上台表演？」

「沒問題的。我就說希列長老的故事好了。」

希列是偉大的猶太學者，曾接受挑戰，以金雞獨立的姿勢講解《摩西五經》的全部教義。他說：「己所不欲，勿施於人。這就是全部的教義，剩下的都是註解。」

塔莉不吃這套。我嘆了口氣，摘掉帽子，放下戲服，用兩腳站立，保持平衡，證明我沒事。

她還來不及發表意見，我們的兩歲女兒蜜凱拉就幫她畫到重點了。她跑過來抱住我說再見時，一腳就踩上我的右腳趾。我痛得大叫，整個人跌坐地上。塔莉過來扶我起身，順便把電話遞給我。

衛教護理師聽了我的故事，毫不遲疑地回說：

「痛風。」

「痛風？」

「痛風。」她又說一遍：「就是俗稱的『富貴病』。」

「我知道痛風。我爸爸得過。」

在爸爸大大小小的病痛中，痛風最令我忿忿不平——原因正是這個別稱。古早以前，這種病明明是專門給殖民時代無所事事、只會翹腳抱怨英王喬治的富裕官員得的。現在，護理師告訴我，有一種藥丸在短短幾小時內就能讓它消失。她請醫生開了處方箋、傳真到藥局，還排了回診時間。我吃了藥丸，痛風果然迅速消失，來得急，去得快。此後便不再困擾我。

我也完全忘了痛風這回事，直到六月，我依約回診看醫生。我坐在鋪了紙的診療椅上，對醫生微笑，他也回我一笑。他是阿拉伯裔，戴著角質鏡框的眼鏡，說話溫和。我在他的證書上看到，他名叫伊斯邁爾。儘管我向來對醫生沒什麼好感，但還滿喜歡他的。我曾在耶路撒冷的市集和阿拉伯商人喝了好幾個鐘頭的薄荷茶暢談哲學，他的診間讓我想起那裡，只是少了飾品和地毯，換成一大堆《前列腺與你》之類的手冊。因為我們兩個都不清楚我到底去那裡做什麼，所以他走到電腦前，輸入我的病歷號碼。

「痛風？」他說：「你有痛風？」

「**之前**有。發作過一次。三月的時候。只持續一天。」

當他問起醫療問題時，我煩躁起來。就像在阿拉伯市集一定難免會提到「地毯」話題的時候。

「那既然你人都來了，還是讓我幫你檢查一下。」他開始摸我脖子。

「那裡好像不是我的腳。」我說：「不過你是醫生，你最大。」

他的手好溫暖。

「你的腳沒什麼好檢查的了。痛風已經沒了。不過我是內分泌醫生。脖子是我的專業。」

「幸好你不是直腸科醫生！」一想到檢查，我就不免緊張，只好開始說笑。「醫生，我可以叫你伊斯邁爾嗎？」

「你想怎麼叫，就怎麼叫囉。」他說。他的手在某個部位停住，按得更深層一些，然後移開視線，全神貫注於手的感覺。「你知道你喉嚨裡面有一個小腫塊嗎？」

「我喉嚨裡有很多小腫塊，這很正常啊。」

「但你多了一個不該出現在這裡的腫塊。」

「我也不該出現在這裡，醫生啊，痛風已經沒了……」

我話沒說完就停住了，因為我看到他打開抽屜，抽出一只托盤，盤中擺滿彷彿從恐怖片跑出來的醫療器材。「就你的年齡和整體健康狀況來看，需要擔心的機率只有千分之一。」他說：「不過，為了保險起見，我還是抽個樣本，檢查一下比較好。」

他拿起一把粗得像滴油管的皮下注射針。

「這就是你說的『為了保險起見』？」

人生歷練再豐富，有幾句話，你也難以做足心理準備，像是：「你得了癌症。」這種折磨親戚朋友的疾病，我從小就聽太多了。大人會壓低聲音講，可是他們壓得越低，我就聽得越仔細。我還發現，腫瘤長在女性身上，他們會用水果形容，男性的就會扯上運動。

「你聽說莎蒂表姊的事情了嗎？有柳橙那麼大欸！」

「不會吧！」

「還有你認識那個叫弗里曼的老好人嗎，就是開鞋店的那個老闆啊？他肚子裡那顆和棒球差不多呢。」

「哎唷！我的蘇菲姑姑啊——跟木瓜一樣大。」

但癌症是給別人得的，老人得的——給病人得的吧，老天爺，祢有沒有搞錯啊！我才三十七歲，身強體健，所以在那個炎熱的七月下午，我兒子五歲生日當天，我再怎麼有想像力，也料不到自己可能罹癌。我已經在蛋糕上插好五根蠟燭，正準備插第六根討個吉利時，電話響了。

「我去接！」我說，舔了舔指頭上的巧克力糖霜。

「給答錄機接就好啦。」塔莉從另一個房間大喊。

「說不定是我媽打來的。」我一邊說，一邊拿起話筒：「以利亞——記得唷，葛萊蒂絲奶奶耳朵不好，你待會兒要大聲說，說清楚唷。」

「裘爾？」是伊斯邁爾：「我有消息要通知你。你恐怕是那千分之一。」

他一連講了好幾分鐘，但我只聽進其中幾個詞。

「……甲狀腺乳突癌……」

「……部分或全甲狀腺切除術……」

「……五年，無病存活率……」

塔莉已經點好蠟燭，示意要我掛掉電話。然後她看到我神色不對。

「怎麼了？」

我茫然望著她，試著想出代替「癌症」的詞語。最後，我放棄了，把問題擱到一邊去。

「沒什麼，真的沒事。趕快——不然蠟燭要燒完了。」

那天晚上，我一如往常送孩子上床，說床邊故事給他們聽。然後我下樓，看到塔莉正來回踱步，等著我。

「裘爾，到底怎麼回事？」

我認為幽默可能是最好的破題方式。「妳記不記得《當哈利碰上莎莉》那句台詞？就比利．克里斯托說的：『別擔心，只是那種二十四小時的腫瘤罷了』？」

她臉色發白。「腫瘤？癌症？你得了癌症？」

「不嚴重的癌症啦。甲狀腺癌。醫生說，要是你非得癌症不可，這種還不錯。」

塔莉看來深受打擊。「不錯的癌症？你在胡說什麼東西啊？」

我急忙想找個說法，但腦中一片空白。我看著她的眼底，看得出她很害怕，但她仍試著安慰我。

「不過一定沒問題的。」她一邊說，一邊點頭：「對吧？」我也點點頭。「這是可以治療的，對吧？」癌症向來是她至深的恐懼。「你會好好的，我們都會好好的，對吧？」

「對，沒錯。」我向她保證，也藉此重新站穩腳跟：「只是小問題啦，沒什麼大不了的。」

從全身麻醉後恢復神志，有點像是長途飛行後帶著時差醒來。有那麼一瞬間，我躺在那裡，眼睛閉著，不知自己身在何處，只感到一股奇怪的迷惘和期待感，彷彿踏上一場冒險。我繼續緊閉雙眼，想像前方是什麼樣的世界——布達佩斯？加德滿都？上海？睜開雙眼時，我見到機器，看到手臂上的管子，感到全身疼痛不堪。

「好一場冒險啊……」我開始說話，然後停住。不大對勁。

我再試一遍。「好一場冒險……」沒有聲音出來。

我試了一遍又一遍，試著隨便說些什麼。我試著叫喚塔莉。一股恐慌蔓延全身，心臟開始猛烈跳動。就在這時我明白發生什麼事了。這一定是一場夢。我常做這種夢，通常是在重要的演出前，我會夢到自己突然沒辦法說話。我會站在一大群觀眾面前，開口說故事，卻沒有半個字從我嘴裡吐出來。

我鬆了口氣。只是做惡夢，一場惡夢而已。我努力回想現在是哪一場演出，但想不起來。既然這樣，我只能等夢自己結束了。

我聽到四周都是醫院的聲音。護理師閒聊、機器嗶嗶響、走廊的腳步聲。我每隔片刻就試著說話。每次都只有氣吐出來。

等到陽光透過窗子灑進來，我才明白不是在做夢。我清醒得很，但不能說話了。

我的馬跑走了。

故事起源：美國

## 跳上月亮的蟋蟀

從前從前，天地初開時，有隻蟋蟀夢想跳到月亮上。牠最大的心願就是從月亮俯瞰地球。牠每天晚上都奮力跳高，偶爾能碰到垂得比較低的樹枝，有時甚至可以跳到更高處。但從來沒有靠近過月亮。

山谷裡其他蟋蟀都笑牠愚蠢。「月亮？」牠們大笑：「太荒謬了。不可能啦。」

但牠不為所動，照樣往月亮跳。久而久之，牠的膝蓋因為無數次重重著地，變得越來越脆弱。最後牠再也跳不起來，連在晚上鳴唱的力氣也沒了。別的蟋蟀還在講牠笑話。但牠不死心，繼續嘗試，慢慢地爬樹，直到斷氣的那一天。

就算牠離世了，這個笑柄依然存在。大家的玩笑越加越長，後來成了故事。故事代代相傳，最後譜入了牠們的歌聲中。

直到今天，你還可以聽到牠們吟唱牠的冒險。「看哪！」蟋蟀爸媽會這麼對孩子說：「牠就在那裡！在月亮的陰影處，你們可以看見牠的臉，正望著我們呢。」

就這樣，多年以後，牠的夢想成真了。

# 2 跳上月亮的蟋蟀

我爸一輩子都在追逐夢想。現在回頭看，我明白這些夢想對他來說，是福氣，也是詛咒——福氣，是因為夢想給他力量，讓他無視艱難繼續前行。詛咒，是因為這些夢想沒有一個注定會實現。

好多個夜晚，他以為自己已經抓住某個夢想：絕妙的一夜致富計畫、可以恢復健康的萬靈丹，或是什麼精心設計的發明可讓他名利雙收，帶來他最想要的——幸福快樂。但一次又一次，他一覺醒來後發現，希望又從他粗糙的指縫間溜走。然後爸爸會做出他看待生命所有苦痛的一貫反應——一笑置之。

「不然怎麼辦？」他會說：「人一打主意，上帝就發笑。」彷彿要強調似的，他會仰望天際、抬起雙掌、聳聳肩。我會跟著他的目光往天空看，再看向他的手。那雙手令我著迷，也令我害怕，因為它們的指節腫得像彈珠，指頭彎得像貓頭鷹的利爪。

這雙手並非一直是這個模樣。在我出生前，它們曾輕盈靈活，一手在小提琴琴頸來回舞動，另一手溫柔握著琴弓。這個模樣的雙手是我在一張照片上看到的：照片中的爸爸，那一晚隨克里夫蘭交響樂團首度登台，身穿白色晚禮服、黑長褲，站得直挺挺，小提琴擱在下巴底下。

他二十出頭就開始出現關節炎的症狀。我猜一開始病情沒有很明顯，只是他的手指在琴弦間的移動稍慢，難以察覺。他一定是先在拉出的樂音裡聽出端倪，才發現原來手指有問題。後來的醫生把這種病稱為「僵直性脊椎炎」。這種罕見疾病會使一節一節脊椎關節互相沾黏，變成像一整根竹竿般僵硬。在我認識我爸的二十五年間，我看到他曾經高大挺拔的身體越來越彎、越來越扭曲，最後形成一個問號。

我從來沒聽過爸爸拉過小提琴，在我出生後，那把琴是他曾經前途似錦的事業唯一的遺物。我童年時期，它都收在琴盒裡，擺在我家客廳的壁爐台上。兩個哥哥和我曾先後把玩過，但是都沒有抓到訣竅。我們把琴放回原處，它就擱在那裡蒙塵，直到爸爸過世。

小時候，我不知道爸爸得了什麼病，也不明白為什麼我越長越高，他卻越來越矮。每去一趟醫院回來，他就更不良於行——一開始拄枴杖，再來裝支架，再來用助行器。當他真的在走路的時候，速度慢到令人不忍心看下去。然而，就像面對生命其他挫敗一樣，爸爸一笑置之。

「你們知道嗎？大黃蜂照理是不會飛的。」有次他剛出院時一本正經地說——這一次他是扶著助行器回家。「是真的。空氣動力學證實，大黃蜂翅膀展開的寬度根本支撐不住牠身體的重量。好在大黃蜂並不遵守這些法則，照樣飛來飛去。」

我爸有上百句這樣的珠璣之言、智慧金句，後來成為留給我們兄弟三人的遺產。每當遭遇挫敗，他就會來這麼一句，然後繼續追逐下一個夢想。

放棄拉小提琴後，我爸成了發明家，把家中積蓄傾注給一項又一項的設計案。一九六〇年代後期，他投入金錢和心力在自認為會成為未來趨勢的東西上——夜光塑膠和塗料。這些玩意兒一如他其他發明的殘餘物，堆得滿屋子都是。到了晚上，它們會發光。塗料灑得到處都是，甚至濺上天花板，像夜空裡的星星。這就是我的爸爸——在夢想的世界，他是富翁，但天一亮，他又一貧如洗。

「你知道那句俗話吧？」他有一次問我：「人一打主意……」

「……上帝就發笑。」我按例隨著他的話接著說，遞給他一塊磚頭。我坐在他的床上，他則坐在浴室門口的一張摺疊椅上，身上綁著他的一項發明。那是據說能矯直他背脊的裝置：將繩索掛在單槓上，一端綁著頸支架，另一端綁住一只湯鍋。我的工作是遞給他磚頭。他每放一塊進鍋子裡，臉都會痛苦地扭曲，然後他會勉強擠出微笑，這副模樣看起來就像準備上吊一樣。

「可是我不明白……」我說：「你說只要有壞事發生，上帝就會笑，為什麼？這有什麼好笑的？」

他停住好一會兒，磚塊懸在半空。

「你想知道為什麼？」

我點點頭。

他聳聳肩，裝滿磚頭的鍋子上下擺動。「我不知道。你得去問比我聰明的人。不過我倒是知道一件事。人生在世，總有選擇的權利。你可以跟上帝一起笑，不然就一個人哭。好，你打算怎麼做呢？」

就這樣，我學會跟著我爸一起笑。

幾個星期過去了，我依然發不出半點聲音。我發現自己越來越常想起爸爸。我努力回想他的笑聲，同時也盡量不要想起他的手。我告訴自己：「我跟爸爸不一樣。他失去的，永遠回不來。而我的失聲，只是暫時的。」

醫生也這麼認為。「問題出在你發聲的神經。」他聽了我無聲的氣音後這麼說：「八成還在休克狀態。但我不擔心。十之八九會恢復。給它兩個禮拜，也許一個月。頂多兩個月吧。」

我出院回家那天，塔莉也是這樣向孩子解釋：只是暫時沒有聲音。

「以利亞、蜜凱拉，你們聽我說——」我一進門，塔莉就這樣跟孩子說。但他們沒理她，照樣跑過來一人抱住我一條腿，歡迎我回家，同時丟出一連串問題。

「會痛嗎？他們把你脖子裡面那個東西抓出去了嗎？我們可以看嗎？你有沒有勇敢？把經過說給我們聽啦！」

塔莉說：「孩子們，我得告訴你們一件事，很重要的事。」他們終於停下來，抬頭看她。「爹地現在沒辦法講話。」

蜜凱拉露出困惑的表情。以利亞一臉被出賣的樣子，然後搖搖頭。「爹地可以。」他終於開口：「他一天到晚都在講啊，對不對，爹地？」他看著我，要我給他肯定的答覆。我朝塔莉點點頭。

「不行喔。」她說：「恐怕沒辦法。他的『喔咿』不見了，那是最重要的東西。不過他只是暫時不能講話，不會太久的，對不對，裘爾？」

我點點頭。

「那要多久啊，爹地？」蜜凱拉說。

「很快唷。」塔莉回答：「可是我們不知道是什麼時候。在這之前，爹地的嗓子要好好休息，所以他只能很小聲、很小聲說話。」

「等你的『喔咿』回來，你會跟我們說故事吧？」以利亞問。

我再也忍不住了。

「會說……很多……很多……故事。」

兩個孩子都不知從何理解他們的爸爸怎會突然變得快跟啞巴一樣。一開始，蜜凱拉覺得很好玩，以為是逗人發笑的表演招數，因為每次跟她溝通，我都得挖空心思比出奇怪、即興的手語。我只有在萬不得已時才說話，一方面是因為一說話，喉嚨仍會刺痛。另一方面是我每次低聲說話，女兒都會皺起一張臉，搖搖頭說：「爹地，大聲一點！」

對以利亞來說，我失去聲音，倒是給了他一項新任務。塔莉在身邊時，她會幫我說話。但現在她得長時間工作來彌補我短少的收入，以利亞就成為我的代言人。因為只要周遭有別的聲響——車子經過、背景音樂、飛機從頭頂飛過——別人就聽不見我說話，他會跟我一起去辦事。當我有話要說時，就會在他耳邊小聲講，然後把他抱起來，讓他大聲重複我的話：「我爹地想把二十元鈔票找開。」

對於他的新角色，一開始我們樂此不疲。我告訴自己，這是好事，是父子同心，一同冒險。他也做得很棒，但我逐漸注意到，陌生人的關注令他難以消受。生性害羞的他，只要店員、超市裝袋員、銀行櫃員誇他可愛，就會侷促不安起來。甚至有人問我是不是腹語師。以利亞表現得很冷靜，但我看得出他其實很尷尬——不只為他自己，更是為我。察覺到這種情況後，我會盡量試著自己開口，但我微弱不明的聲音總是讓情況更糟。他不想讓別人知道我有哪裡不對勁。

公眾場合已經讓他夠難受了，只剩我們兩人獨處的時候又更煎熬。他正值問題問不完的年紀，這時世界對他來說，是一大片謎團，而爸媽似乎無所不知。從他出生，我就一直期待這一天到來。但現在，當他的發問接踵而至，我的回答卻好吃力。

「爹地，威爾斯國旗上為什麼有一條龍？是龍，還是獅鷲啊？有哪裡不一樣？神話是什麼？你跟我說過巨人的故事，巨人住在哪裡啊？你會講法文嗎？時間為什麼一直在走？什麼是腹語師？為什麼你不能說話？」

他的每一個問題，我都努力擠出一、兩個詞，然後試著比手勢彌補不足。我也會在餐巾紙上作畫，或是從架上抽幾本書出來，指圖片給他看。他會點點頭表示感謝，不一會兒又提出新的問題，整個過程再從頭來過。

手術過後一個月，塔莉的擔心藏不住了。雖然她極力掩飾憂慮，尤其是在孩子面前，但那天早上，當我們醒來後，她按捺不住了。

「你有沒有什麼感覺？有沒有刺痛感？」醫生曾說，如果我的喉嚨感覺到輕微刺痛，就可能代表那條神經要甦醒了。

我搖搖頭。

「現在呢？」她過五分鐘又問。

「別擔心啦。」我小聲說：「我……會……好的。」我的嗓音氣若游絲，一次只能費力吐出一、兩個字，然後就得停下來喘口氣。

「可是我就是擔心啊。我好擔心萬一你的聲音好不起來，怎麼辦？」

「我爸……說過……百分之……九十……五……」我停住，差點喘不過氣。我原本打算重提爸爸的另一句名言：百分之九十五的憂慮不會成真——表示遇上問題，憂

慮是很有效的解決方式。但這句話沒有達到預期效果。

「是啊。」她說：「我也想到你爸。」

她沒繼續說下去，但我們在一起的時間夠久了，她不必多說，我也曉得意思。雖然塔莉從沒見過我爸，但聽過他夠多的人生故事，擔心我會步上他的後塵。

我那陣子常想起爸爸，特別是他很愛的一個故事——其實是笑話。

＊＊＊

一名男子去找裁縫師訂製一套新西裝。裁縫師幫他量了量，叫他下禮拜來拿。男子依約去拿衣服了，但試穿後發現很不合身。

「這是怎麼回事？」他問：「這邊袖子太長，另一邊又太短。褲子一邊太緊，一邊又鬆垮垮的！」

「放輕鬆。」裁縫師說：「這套西裝沒問題。你瞧。」他帶男子來到鏡子前。「你把右邊肩膀往後縮，就像這樣。然後頭歪過去一點。對。現在身體往前傾，左腳往前一點……完全合身！」

「好。」男人說，在鏡子前面扭身歪頭：「噢，真的，挺好看的。」

**他就這樣用歪七扭八的姿勢，一跛一跛走出西裝店來到街上，兩個女人看見他怪模怪樣的走路姿勢。**

**「我的天啊！」其中一個說：「他是怎麼回事啊？」**

**「我也不曉得。」另一個說：「但那套西裝挺好看的！」**

＊＊＊

這個故事我聽爸爸說過好幾遍。他特別喜歡一邊講，一邊模仿男顧客的姿勢和動作，我也喜歡看他演，直到大概十五歲的某一天，我猛然發現，爸爸在演完這個角色後，他的身體就和那名男顧客一模一樣。他已經變成那個穿西裝的男人了。不只是他的身體，他整個人生都歪七扭八，不願正視自己的失敗。

離死亡越近，爸爸對成功的幻想也越來越鮮明。在最後幾次去安養院的探視中，有一次他比了手勢要我靠近，然後指著壁櫥最上面。「看到那三個傢伙了嗎？」他小聲說：「他們是土耳其的咖啡商人。我們剛簽約了——是筆大生意唷。不過不是咖啡，是乳酪唷！我們要發財了！你先保密唷……」

我點點頭，一如以往愛他。儘管如此，我也對自己許下兩個承諾。一、我絕不會癡心妄想，欺騙自己已經成功。二、我不許失敗。

我認定，橫亙在我與幸福之間的阻礙，就只有失聲這件事。有幾天晚上，在塔莉和孩子都睡了以後，我會下樓進書房——鑲著紅木壁板的漂亮房間，向來是我的避風港。房裡擺滿我四處旅行蒐集到的木偶和面具。在一面牆上，我還懸掛巨幅的世界地圖，用大頭針和紗線標出我去過的地方和發掘的故事。夜裡，書房悄然無聲，我會坐在這片寂靜中，等待自己的聲音回來。

有時我會想像一股能量湧至我的喉嚨，那條神經猛然驚醒過來。

有一天晚上，我又像這樣靜坐在沉思狀態，相信自己聲音就要回來時，電話響了。我跳了起來，伸手就要去拿話筒，但我強迫自己忍住，隨後聽見了我幾個月前錄下的語音，心裡又一次感到很不是滋味：「嗨，我是袞爾，現在沒辦法接聽電話——我會盡快回電！」嗶。

我等來電的人出聲，心裡知道這是有人想付酬勞給我，邀我去做那件我現在做不到的事。

「嗨，裘爾！我們是你在舊金山的鐵粉。是這樣的，我們下個月要辦一場猶太成年禮，會有一場盛大的派對。我們會請DJ和魔術師，如果你能來，那就更完美了。我知道現在邀請有點晚，但請你看在酬勞的份上答應，請儘管開價……」

答錄機喀噠一聲停了，而我呆坐在那裡，聽著它的回音，盯著牆上的地圖。我不願去想不接這場演出會損失多少錢，或者我已經取消的演出讓我少賺多少收入。既然我的未來現在成了問號，我只好回想我的過去。

我的視線跟著地圖上的紗線來到一根又一根大頭釘。布達佩斯、香港、羅馬。我每看著一個地點，那裡的印象就鮮活起來，人啊，氣味啊，味道啊，聲音啊，全都讓我想起自己說過和深愛過的故事。這些故事帶我像倒帶一樣轉了一圈又一圈，回到好多年前，一路來到我初入這行的地方，那裡離柏克萊不遠，就在聖塔克魯茲市郊，正釘著一根亮黃色的大頭針。

所有說書人都會記得最初啟迪他們的人；他們會記在心裡一輩子。在說故事這個圈子，這位啟蒙者常被稱為「母鴨」。雷尼就是我的母鴨。

我第一次聽雷尼講故事是距今近二十年前的一天晚上，在聖塔克魯茲市區的一家酒館。我看到門上的傳單，走了進去，完全不知道會看到什麼。雷尼一個人靜靜站在酒館角落的一個平台上。他的外表不太起眼——有點矮胖，留著絡腮鬍和一頭濃密的頭髮。看起來跟酒館其他人一樣，不像說書人。

但他一開口，一切都變了。全場頓時鴉雀無聲，我發現自己開始跟著他周遊列國，先到蘇格蘭高地一座頹圮的城堡，再到新英格蘭一間校舍，最後來到東歐一個小村落。我在這些地方邂逅且愛上他用話語描繪的人物——他們比我認識的許多人還要真實。

那天晚上我離開時，仍念念不忘這些自己從未去過的地方、從未見過的人，也知道我找到了畢生職志。

隔天一打聽到他的住所，我就跨上腳踏車，越過幾座紅杉林，騎了十五公里的路來到他的小木屋，求他收我為徒。

「你？」他大笑，彷彿我剛講了什麼笑話：「可是你只是個毛頭小子啊！你真的知道自己**為什麼**想說故事嗎？」

我聳聳肩，注意到一件前一晚沒有發現的事。他說話的時候，所有手勢都只用右手做。

他搖搖頭，又哈哈大笑起來：「你這就像那個去找拉比學《塔木德》的傢伙。你知道那個故事嗎？」

我不知道。

＊＊＊

**有個年輕人請拉比教他《塔木德》的智慧。拉比說他還沒準備好。年輕人堅持說他準備好了，所以拉比決定考考他。**

**「兩個小偷從煙囪爬進一間屋子偷東西。」拉比說：「一個臉弄髒了，另一個還很乾淨。誰會去洗臉？」**

**「當然是臉弄髒的那個。」年輕人說。**

**「不對。」拉比說：「是臉還很乾淨的那個人。因為他看到同伴的臉弄髒了，以為自己的臉也很髒。反倒是臉髒的那個人看到同伴的臉很乾淨，也以為自己的臉一樣乾淨。」**

**「啊哈！」年輕人說：「這下我懂了。」**

**「不，你以為你懂了，但是你沒有。再問一題：兩個小偷從煙囪爬進一間屋子偷**

**東西。誰會去洗臉？」**

**「臉乾淨的那個，對吧？」**

**「你又錯了。」拉比說：「要是兩個人都從煙囪下去，兩個人的臉都會弄髒。可見你還沒準備好。像你這種人，明明該找的是問題，卻老是浪費時間找答案。」**

* * *

雷尼揚起眉毛，盯著我看。

「哪有小偷會閒到去洗臉的？」

「喲！」他嘴角一揚：「好像有點樣子喔。」

接下來的六個月，我每星期騎腳踏車去雷尼的小屋兩次，坐在他燒木炭的火爐前聽他說故事。每一個有人說過的故事，他好像都知道——包括我爸爸聽過的那些笑話，而且每次跟他說我聽過的一個故事時，他還能說出三個不同版本。

雷尼的每一場演出，我都會跟去，每一次也驚奇地看著他的話語在觀眾身上引發的效應。他似乎陶醉在觀眾和我流露的愛慕中。他稱我是他最出色的徒弟——雖然他只有我這麼一個徒弟。一天下午，我總算講了一個他沒聽過的故事，他大聲笑了很久，然後走進臥房，不見蹤影。不一會兒，他拿著一個大箱子出來。

「我一直在等這一刻。」他說，把箱子拿給我。

箱子裡面是一頂灰色紳士帽。大小剛好，後來我每一場演出都戴著它。

不過雷尼也有黑暗面。他的尖酸刻薄開始悄悄滲入我們的互動中。它會出其不意地出現，通常是被我無意間做的事或說的話觸發。這時他會變得吹毛求疵，有時甚至不懷好意。

一天晚上，我在聖塔克魯茲市區的社區活動中心演出，他姍姍來遲，而且喝得醉醺醺。他站在場地後方，邊聽邊搖頭，然後早早就離開。隔天，我去他的小木屋時，他宿醉未退，我問他覺得我前一晚故事說得怎樣，他聳了聳肩。

「我覺得怎樣？我覺得我當初是對的。你不是說故事的料，只是個毛頭小子，肚子裡沒東西可以講。」噢，我不需要聽這種挖苦的批評。我轉身朝門口走去。「要走了？好喔。等你找到值得說的故事再回來。」

我頭也不回地走了出去，此後再也沒見過他。

手術滿兩個月的里程碑快到時，我滿腦子只想恢復聲音，於是聽從塔莉的建議，開始去給專家看。

專家拿各式各樣的器械檢查我的聲帶——從老式的壓舌板到高科技的閃光燈棒，應有盡有，甚至有一位還拿橡皮管檢查我的鼻腔。如我所料，他們全都同意我的外科醫生說的：有兩個月的時間決定我的聲音會不會回來，但是除了靜觀其變，他們什麼也不能做。

不過，我還有一線希望：有一件事也是他們全數同意的。**真的有**一個人可以明確地判定我的聲音能否恢復。他是「專家中的專家」，備受推崇，這些醫生連提到他的名諱都得壓低音量，或者乾脆用寫的——寫在他們自己名片的背面。這個名字本身就相當神祕——一個很長的東歐名，盡是不大可能連在一起的子音，幾乎沒有母音：一個沒有人知道怎麼發音，足以讓拼字遊戲宣告結束的單字。這個人，是我必須去讓他瞧瞧的人。

「說故事先生大駕光臨啦！」

聽到這個低沉渾厚、口音濃重的聲音，我趕緊從候診室的沙發站起來，轉向聲音的源頭。他站在那裡，一手拿著我事先寄給他的錄音帶，另一手伸過來跟我握手。他的外型完美詮釋了眾人心目中的瘋狂科學家，滿頭銀髮，一副角質鏡框眼鏡戴得有點歪，我立刻對他有好感。

「故事好精采！」他晃了晃錄音帶：「我特別喜歡海烏姆的故事。我好久沒聽人說過了。好，現在讓我們看看能不能找回你的聲音吧。」

我跟著他走進診間，裡面擺滿讓他救回聲音的名人照片，多到讓整個診間看來跟小餐館沒兩樣。示意要我坐上診療椅之後，他開始仔細閱讀我的病歷，然後盯著我的喉嚨看了好一會兒。

他又看了我的病歷，終於開口。

「你想知道你的聲音會不會恢復。如果會，是什麼時候，對不對？」

我點點頭。

「從你的病歷看來，你已經失聲兩個月了。」

「才五十……七天。」

「八星期。」他說：「你的聲帶仍然毫無動靜。這不是好徵兆。」

他停了一下，搖搖頭，嘆了口氣。

「恐怕神經已經壞死，不會再恢復了。我很抱歉。真的很抱歉。」

我凝視著他，等待比較正面的訊息。他過了好一會兒才又開口。「我明白這讓你非常難受。你是說書人，所以，也許不妨把這想成一個故事。那些哲人是怎麼說的？」他頓了一下，揚起眉毛：「『聲音是靈魂的入口。』而這個入口有兩名衛兵戍守——兩條聲帶。它們必須一起運作才能發出聲音，就像兩位拉比在辯論《塔木德》。但就你的情況來說，其中一位拉比默不吭聲。為什麼？我要是知道為什麼就好了。」他又停住。

然後，他靠過來，低聲對我說：

「或許他知道什麼祕密吧。」

故事起源：捷克

# 樂觀與悲觀

從前有位國王，擁有一對雙胞胎兒子。兩人雖然長得一模一樣，個性卻南轅北轍。一個是徹頭徹尾的悲觀，另一個則無可救藥的樂天。

兩人成年後，國王決定拓展他們的眼界，讓他們見識人生的另一面。他的做法是送禮物給他們。

為了悲觀的兒子，他去找御用的寶石匠。

國王說：「我希望他擁有全天下最精美的手錶。錢不是問題，珠寶、鑽石、黃金、白金，通通用最好的。我希望在他生日前準備好。」

為了樂觀的兒子，國王去找宮裡的園丁。

「我希望，他生日當天早上一覺醒來就看到床腳有一大坨馬糞。」

到了王子生日那天，國王滿心期待地去看他悲觀的兒子，結果看到兒子悶悶不樂坐在床上，拿著那只華麗無雙的手錶。

「你喜歡你的禮物嗎？」國王問。

「還可以。」悲觀的王子說：「可是它真的有點華麗俗氣。就算不俗氣，也是那種很容易遭竊的東西。即便沒遭竊，我也可能會弄丟它。還有可能會毀損……」

國王聽不下去，轉身就走，去找樂觀的兒子。結果看到他手舞足蹈，樂不可支。他見到父親進房，立刻跑上前擁抱。

「噢，多謝父王，多謝父王！我正是想要這個！」

國王覺得莫名其妙，問兒子為什麼要謝他。

「哎呀——多謝父王送我馬呀！」

# 3 樂觀與悲觀

「一扇門關了，一扇窗就開了。」

我媽老愛跟我和我哥說這句話。很多媽媽都喜歡講這種話，但對我媽來說，這句話已經成了口頭禪，在身邊的門一扇接著一扇關上時，她一遍又一遍重複講。就這樣，隨著每一扇門關閉，她反而變得更樂觀一點。

當年她和我爸離開克里夫蘭，來到陽光普照的南加州，夢想在此展開新生，追尋她對新聞工作的熱愛。堪稱天生採訪者的她，擁有問對問題和聽出弦外之音的天賦。這項造詣使她初出茅廬就成為《克里夫蘭誠懇家日報》的優秀記者，展露她能從人們口中挖掘故事的天分。一旦在街頭發現故事，她就會緊追不捨，直到隔天早上報紙印好為止。

多年後，聽力師判斷正是印刷機的噪音使她的聽力受損。最早的徵兆出現在我和我哥還小的時候。我們說的話，她常聽不清楚。還有她和我爸吵架的時候，因為爸爸很難轉過頭對著她講話，她總要費盡九牛二虎之力，才能聽懂他的話。

「妳是怎麼搞的？」爸爸會大聲說：「妳耳聾啊？」

媽媽還沒有耳聾，但是也離失聰不遠了。隨著聽力減退，她的記者生涯也走到盡頭。換成別人，可能會意志消沉，她卻還是有辦法見到光明面：她再也不必聽那些壞消息了。

爸爸過世後，聽力受損反倒成為她的身分象徵。她搬進洛杉磯東部阿罕布拉的公寓，投入為聽障者爭取權利的運動。她加入名為「聽損人士自救會」（Self Help for the Hard of Hearing）——簡稱「噓！」（SHHH）的組織，甚至還設法找到聽損幽默的一面，參與諸如「當你說了『你剛說什麼』之後會說什麼」之類的工作坊。她也重拾筆桿，為組織的會員通訊撰寫文章，也為地方報紙寫人物專欄，找到那些願意書面回答她的問題，或忍受艱辛採訪過程（每一次答覆都得重複好幾次）的人。我也成了她好幾篇文章的主人翁：〈地方男兒說故事闖世界〉〈有故事，就上路〉〈我的兒子是說書人〉等等。

我每一次錄製新的說故事錄音帶，都會寄一卷給她。她會坐在錄音機前，拿著連接助聽器的小擴音機，努力聽個分明。我也會附上文字稿給她，但她偏偏就想親耳聽這些故事。當她在歷經多番嘗試，好不容易聽出幾個字後，就會驕傲得眉開眼笑。寄故事錄音帶給她，是我們奉行多年但心照不宣的默契——「報喜不報憂」。我只寄能讓她開心和驕傲的東西——關於我的新聞報導、塔莉和孩子的照片。她是寄來自己寫的文章，還有一封封被報章雜誌剪報塞得鼓鼓的信，內容是她覺得可以令我開懷一笑的**溫馨感人**故事。

我想，這就是我還沒跟她說我罹癌的原因。我沒有刻意隱瞞，但實在很難對她報憂。況且，我也不想讓她擔心。一開始我決定，等動完手術後，在下次去洛杉磯表演時當面從頭到尾跟她說這件事的經過。然而，出院後，我一直迴避她打來的電話，打算等聲音回來再說。我沒回的電話太多了。兩個哥哥都曾打過來，納悶我怎麼這麼久沒消息。由於我不接電話，他們還寄信過來。也有朋友和粉絲寫信來詢問我最近怎麼了。但還是媽媽的電話，最讓我揪心。

讓「專家中的專家」看診後的隔天，我正在廚房幫以利亞抹貝果的奶油乳酪時，電話響了。以利亞接起來就把話筒塞給我，然後一屁股坐下來吃他的貝果。我呆望著話筒好一會兒，最後才試探性地小聲說了一句：「喂？」

「以利亞？」媽媽瞎猜：「我是葛萊蒂絲奶奶！」她的聲音非常洪亮。

「不是，媽……是我。」

「你要上幼兒園了，一定很興奮吧？」

「媽，我……不是……以利亞，是我！」

「太棒了。你一定是超棒的學生。你爹地在嗎？」

電話裡傳來助聽器的尖銳回音聲，接著是一段長長的停頓，我知道她在調整自己的助聽器。「哈囉？」她說：「等一下喔。」

這乍看莫名其妙，但對我們兩人來說，其實不算是一段特別反常的對話，甚至在我還可以講話時就常這樣了。她會因為聽不清楚而慌亂起來，而我是為了拚命地把音發清楚，講到臉都痠了。我們已經好幾年沒有順暢地講過電話了，不過當面講也好不到哪裡去。

「喂？以利亞？」她終於回到電話上。

「媽！」我盡自己所能擠出最大的音量：「是……我……裘……爾！你……兒……子！」

「噢，是裘爾啊！嗨。我剛剛和以利亞聊得很開心呢——他聽起來很期待上幼兒園呢。你呢？你好不好啊？」

趁現在告訴她吧。但我遲疑了一下，不知如何啟齒，機會就這樣溜走了。

秋天帶來好幾個重大的轉變——以利亞開始上幼兒園，蜜凱拉也要去托兒所了。以利亞不害怕地大步走向新學校，蜜凱拉就比較煎熬，第一天以哭泣收場。第二天也一樣，但到第三天，她就從我懷裡跳下來，衝進教室玩耍了。

孩子都上學了，塔莉也出門工作，白天對我來說變得漫長，我醒著的時間都在希望、期盼、祈禱專家診斷錯誤。但白天固然難過，晚上又更加煎熬，因為白天拚命試著說話的結果，是晚上連氣音都近乎無聲了。

就寢時間尤其難熬。這本來是我和孩子相處的特別時光——念念書、說說故事、親吻說晚安——這是他們結束每一天習以為常的儀式。剛開始，蜜凱拉會忘記。「爹地，講故事給我聽！講海烏姆的故事！或是馬跑掉的那個！愛爾蘭國王的也行！」

這時以利亞會提醒她：「不行啦，蜜凱拉。我們不想聽故事，對不對？」她起先會一臉困惑，接著就搖搖頭附和說：「爹地，沒關係。我們今天晚上不想聽故事。」

一天晚上，我想到一招。我挑了一本他們最喜歡的《小火車做到了》。以利亞差不多可以自己讀了，蜜凱拉也快要倒背如流。我把蜜凱拉的錄音機藏在床下，放進我錄的錄音帶，然後關上燈，跟他們擠在一起。趁他們一字一字朗誦讀本時，我把手伸進床下，摸到錄音機，按下「播放」鍵。

「很久很久以前，愛爾蘭有個國王。他不是仁慈的國王……他心地不好，有天打算捉弄他的大臣……」

他們的眼睛睜得好大。以利亞八成知道我在搞什麼，但顯然不以為意。蜜凱拉露出大大的笑靨。我跟著錄音帶對嘴，配合手勢和表情，就這樣來到結尾，說故事的人必須回答國王出的難題：天上究竟有多少顆星星呢？

「啟稟陛下，總共有四千七百百百……二二二十八八八萬萬萬六千千千顆……」

我的聲音突然停了。

他們兩個盯著我，等我接下去。

「然後呢？」以利亞問。

「爹地，繼續說！」蜜凱拉說。

錄音機喀噠一聲，很大聲，電池沒電了。他們抬頭望著我，等我接下去。

「他們……從此……過著……幸福……快樂……的日子。」

我一點都不幸福快樂。隨著日子一天天過去，我僅存的幸福感也一點一滴流失。最後，一個下雨的星期六午後，我開車穿過海灣大橋來到舊金山，企圖最後一搏，奪回一點主控權。

在我答錄機留言的人留了電子郵件信箱，所以我接下那場猶太成年禮的演出——而且開的酬勞不低。車子一開過大橋，我就開始後悔了。硬著頭皮上台，是愚蠢至極的事——是我不輕言放棄的樂觀驅使的。我的腦袋有個聲音這樣說：**「你的壓力越大，表現越好。搞不好、說不定，你一上台，聲音就回來了。」**

穿過傾盆大雨，我看到那家豪華舊金山飯店的跑馬燈，上面燦爛閃爍著那個男孩的名字。我曾在好多場別開生面的成年禮接待會上說故事——都是美好、溫馨的盛會，但我看得出來，這一場不是。

我步入大廳，看到一個真人大小的人形立牌，正是今天受禮的那個男孩。立牌上寫著「史上最盛大的成年禮！」周圍還有一些標語：「撼動人心！」「無法抵擋！」「讚上加讚！」。這是電影明星主題的成年禮，從立牌是男孩抽雪茄、手拿奧斯卡小金人的模樣判斷，這顯然是他自己的主意。

電子舞曲從會場傳入大廳，飯店的其他客人紛紛掩耳走避。一進會場，就看到幾

顆鏡面球發出炫目的閃光，映照在金色的飾帶、金色的氣球和金色的亮布上。電子郵件上說這是一場「隆重華麗」的盛事，所以我已經心不甘情不願地穿上通常只在婚喪喜慶才會穿的西裝，這下覺得自己穿得太隆重，卻不夠華麗。我整個人惶恐起來。

我杵在那裡的時候，一名身穿金色亮片洋裝和細高跟鞋的女子搖搖晃晃走向我，手裡的馬丁尼灑了半杯出來。「真高興你能來！你一定是那個——噢，什麼名字去了？先別說，伊齊？班？裘爾？你是來說故事的，對吧？——你是下一位，那個魔術師表演完就換你了。」

我走向舞台，瞥見當天成年禮的主人翁就在附近，看起來跟人形立牌很像，他正在接待貴賓，晚禮服的鈕扣繃得很緊，快爆開似的。在此同時，台上的魔術師正意興闌珊地演出金屬套環連環與分離的戲法。本來這通常是聲音最響亮的魔術技法，但在吵雜的環境裡，那些聲音完全被淹沒了。我看他表演看了好一會兒，心生一計——而且是還不錯的計畫。我告訴自己，搞不好，說不定，根本不會有人注意我。畢竟，現在根本沒有任何人在注意**這位魔術師**。就這麼辦。到時我**動動嘴巴做做樣子**就好。

「換你了。」魔術師說。他一手抱著滿桌子的道具，另一手抓著兔子，忙亂狼狽地下台。我走到麥克風前就定位，臉上掛著笑容，準備假裝說故事。至於挑哪個故事呢，我按照以往每次演出前的慣例——耐心等待某個故事來拍我的肩膀。《乞丐國王》，就決定是你了。於是我開始演起啞劇。

一開始，這個計畫神奇見效。沒有人注意到我，十分鐘後，我以為自己可以成功混過去。但接著就出狀況了。是今天的主人翁起的頭。我看到他盯著我看，露出狐疑的表情。然後他向身邊的男孩示意別出聲。當他們通通安靜下來，其他人紛紛轉頭看他們，然後看向我。整個會場逐漸安靜下來。怎麼回事？DJ把音樂關了。大家回到座位坐好，連桌前的大人也停止交談。不到一分鐘，整個會場鴉雀無聲，所有眼睛都盯著我看。

我看著大家臉上的表情從好奇轉變成納悶，不由得想，剛剛那名魔術師會愛死這種反應。他們的身子向前傾，瞇起眼睛，比著手勢，彷彿要從我嘴裡抽出話語。好幾個人揉揉耳朵，擔心自己是不是忽然耳聾；戴助聽器的人也紛紛伸手調整。其他人就只是目不轉睛凝視我，頭偏向一側，好奇地注視著。我等著他們再繼續聊天——畢竟，他們能這樣盯著我看多久？——但寂靜變得越來越濃重，連餐具碰撞聲都沒有。有別的事情完全吸引了他們；他們不約而同變得極有禮貌——令人難堪的禮貌。他們想對我伸出援手，我可以感覺他們的同情像潮水一般湧向我。我別無選擇，只有試著講出我一直在假裝講的故事，麥克風放大了我的氣音和喘息聲，傳遍整個會場。

我在台上彷彿站了好幾個鐘頭。最後總算講完故事，抓起包包，朝台下我不配得到的禮貌性掌聲深深一鞠躬。我一點也不想留下來解釋自己為什麼不能好好講話。也沒有人提起。畢竟，任誰都聽得出我嗓子壞了，沒必要特地致歉。在我滿心愧疚去領我的支票時，男孩的母親甚至矯情地表示讚賞。

「你一定講過好多動人的故事！噢，我先生人呢？」她環顧全場，指向一個猶如她兒子放大版的男人。「請在這裡等一下。」她使了眼色：「支票簿在他那裡。」

我等待的時候，其他賓客開始找我講客套話，問了一些我在如此嘈雜的場合裡根本沒辦法回答的問題。一個男人問：「你講故事多久了？」另一個看起來似乎為我憂心的男人問：「這是你的全職工作嗎？」在我費力點頭和比手勢回答他們的問題時，一名孱弱的老太太伸手搭在我臂膀：「你的表演真是……」她一臉茫然，我看得出她已經忘記本來打算說的某句充滿善意的話。她笑了笑，點點頭，又重講一次：「你的表演真是……」

「超乎想像！」我背後的聲音說：「真的太超乎想像了！」

我不必回頭看，就知道是誰出聲；我認得這個聲音。是雷尼。

故事起源：芬蘭

# 靜默誓

從前有個男子決心進修道院靜修。一進修道院，他就發下了「靜默誓」。此後五年，他不可以開口說半個字。五年一到，院長會跟他講五分鐘的話。

五年過去，院長召見了他。

「對這段時間的靜修，你有什麼話想說？」

男子想了一會兒，回答說：「一開始，我不是很明白三位一體的概念，但現在已經理解了。另外，每天清晨四點起床真的很難，不過我已經習慣了。」

「你要說的就這些？」院長問。

男子點點頭。

「很好，我們五年後再談吧。」

五年後，男子去見院長。

「你有什麼話想說？」

「這個嘛，教義問答裡的真理不容易領受，但我已經接受了。另外，每天只吃一碗稀粥實在很難滿足。」

「你要說的就這些？」

男子點點頭。

「很好，我們五年後再談吧。」

五年又過了，男子又去見院長。

「你有什麼話想說？」

「主恩的概念本來很難接受，不過我接受了。另外，這些年來，我天天睡在石地板上，什麼墊子也沒有，多少有點不舒服，不過我已經習慣了。」

「你要說的就這些？」

「不，還有一件事。我要離開修道院。」

「是啊，你也該滾了吧！從你來到這裡，就只會嫌東嫌西，其他什麼事都不做！」

# 4 靜默誓

我站在那裡，凝視著雷尼，訝異他怎麼看起來如此蒼老。要不是他剛剛先出聲，我恐怕認不出他來了。他的臉皮鬆垮垮的，露出一雙黯沉、浮腫的眼睛。原本濃密的頭髮快掉光了，剩下灰灰長長的兩撮鬢角，和他蓬亂的鬍子混在一起。不過，他眉開眼笑。

「最近好不好？」他一邊掐指算起來：「快二十年沒見囉，連招呼都不打嗎？」他的聲音很大，許多人轉過頭來看著我們。「我一直期待重逢。我以為，你看到我會很高興。」

我伸出手與他相握，努力堆出微笑，擠出聲音：「你好嗎？」

「你可以大聲點嗎？」他對著聚集的人群說：「他說的，我一個字都聽不到，你們聽得到嗎？」然後又轉回來對著我說：「幹麼把話含在嘴裡？你不會講話嗎？」我正愁不知怎麼回答，這時看到主角男孩的母親朝我們走過來，不由得鬆了一口氣。

「支票給你。」她說，瞄了雷尼一眼就離開了。我點頭表示禮貌，一邊收下支票，但冷不防被雷尼一把搶走。「我的天啊！」他大聲嚷嚷，伸直手臂把支票拿得老遠，瞇著眼看。然後湊上前來，低聲對我說：「我沒看錯吧？他們付你這麼多喔！就憑你剛才的表現？」

我受夠了。我一把搶回支票，拿起我的故事包，就往門口走。

「喂，你要去哪裡？」他大叫。我可以聽見他在跟大家解釋：「他是我的徒弟。我快二十年沒見到他了，結果現在他竟然連一句話都不跟我說！」

我回頭看了一眼，見到圍在雷尼身邊的人個個一臉好奇又困惑，跟我剛剛在台上看到的表情一樣。我撇下他，一路穿過大廳，把嘈雜的音樂抛在腦後，走入雨中。但是不一會兒，我又聽到他的呼喊聲。我轉頭，看到他一手向我揮舞，一拐一拐快步朝我走來。

我不想見雷尼，誰也不想見，但此刻能怎麼辦。我等著他上氣不接下氣地來到我的車子這邊。

「裘爾，幹麼跑掉啊？」他說：「我特地來這裡，很想見見你，結果你連一聲『嗨』都不說，是怎樣？」

「嗨！」我低聲說。他聳聳肩，等我繼續。「我……真的……沒辦法講話。」

「鬼才信！」他大叫。他靠向我，壓低聲音說：「所以，難道有什麼祕密不成？」雨點打在他的禿頭，輕輕彈開。

「雷尼，」我吃力地擠出最大的音量：「很高興……見到你。你看起來……氣色……不錯。我也……希望……可以……多待……一會兒……」

他搖搖頭：「裘爾，你在撒謊。你連話都說不出來，卻還在跟我撒謊！我看起來簡直和屎一樣，而你根本只想用最快的速度脫身。」

我不知該怎麼辦，只好打開車鎖，繞到後車箱，把故事包放進去。關上後車箱的時候，雷尼不見了。我掃視停車場，在雨中搜尋，只見一片漆黑，不見他的蹤影。我鬆了口氣，打開車門，然後倒抽一口氣。他竟然坐在駕駛座上。

我杵在那裡看著他抬頭望著我。「怎樣？」他問：「你是要上車，還是繼續站在那裡當落湯雞？」

他盯著我看，一臉不解，然後露出恍然大悟的樣子，點了點頭。「噢，我明白了。你考慮得對。車子給你開比較好。我的駕照被吊銷了。因為這隻眼睛——」他指了指自己的右眼：「——全盲囉。」他爬過扶手，換坐到副駕駛座，然後還拍拍椅子，示意要我上車。太離譜了。但我快要全身溼透了。所以我坐進車子裡，盤算著該怎麼把他攆下車。

「不用擔心。」他一邊說，一邊動手調低椅背：「你去到那裡就會想起來了。先開車再說。」看我毫無反應，他氣惱地嘆了口氣，說：「好吧，二八〇號公路轉十七號高速公路南下，從本洛蒙德出口出去，遇停車再開標誌左轉。然後繼續開個五公里，就會接到泥土路……」

我一動不動地坐著，驚訝他這般厚顏無恥。還自己報路。連問都沒問。他居然**指望**我載他回去。到他本洛蒙德的小木屋起碼要開一個半小時，這種雨勢搞不好要開兩個多小時，而且跟我家正好反方向。

我瞪著他好一會兒，他也直直瞪著我。他沒有要下車的意思。正當我不知如何是好，突然想到，要擺脫他，載他回家也許是最好的辦法。何況，他現在還能怎麼回家？就當日行一善吧，我一邊對自己說，一邊發動引擎，或許日行一善能帶來好運，而我正需要好運。我掏出手機，打給塔莉，留言說我會晚點到家。

我開車時，雷尼天南地北閒扯。原來今天辦成年禮的男孩是他的遠親，但他受不了這個小子、他的父母和其他家族成員。「他們全都膚淺得要命。不過呢，」他剔了

MOTEL

一下牙：「菜色還不賴。」

他是搭其他親戚的便車來參加成年禮，但後來跟她吵了一架，這就是為什麼需要我載他回家。男孩的母親幾個月前就打電話問他能不能在接待會上講幾個故事。「可是我退休了。是榮譽說故事大師。我只在高興講的時候才講，而且我再也不接成年禮的案子。我看過報紙上的報導，知道你住柏克萊，所以我要她去找你。這就是你能接到這份工作的經過。」

他停頓了一下，彷彿在等我表達謝意。見我毫無反應，他聳了聳肩，繼續說他的。他說什麼，我都無所謂，也沒什麼話要跟他說。就算有，雨砰砰打在車頂的聲音這麼大，他也聽不見我說的話。

我離開雷尼後不久，他就不再公開表演了。他過得不好。「你今天碰到我是挑對時間。」他咳了幾聲：「在前一次和下一次心臟病發作之間。去年一月二十七日是我第一次發作。下一次不知道是什麼時候。我還有糖尿病。糖尿病害我不能再喝酒。你不介意我脫鞋吧？我的腳痛死了。」

我下了高速公路，找到那條蜿蜒穿過樹林通往他的小木屋的泥土路。有件事他說對了；我一來到這裡，就真的想起這條路了；我也想起當年的滿心期待：夏日午後，騎著腳踏車穿過濃霧來到他的小屋。雨水已經使路面泥濘不堪，我閃過一個又一個泥坑蜿蜒前進，他仍繼續滔滔不絕暢談他的人生。終於，小屋在我的車頭燈裡出現，但不太像我記憶中那幢舒適的小屋，倒像一間鬼屋。我轉入鋪滿碎石的車道，引擎沒熄火。他似乎沒注意到。

「你呢？」他說：「你怎麼樣？」

我沒有回應。

「一路都是我在說。你光坐在那裡，一句話也不吭聲。你到底要不要跟我說說你的故事啊？」

我輕輕敲了敲儀表板上的時鐘。已經過午夜了。「我很想……拜訪……」我低聲說：「可是……很晚了。我……再打……電話……給你……」

他一臉失落，搖搖頭：「打電話給我？打給我幹麼？我根本沒電話！你十八年來連一通電話也沒打給我！」他打開車門，走入雨中，嘴裡還在嘀咕。

「我明白了。我收你為徒，把我所知道關於說故事的一切通通教給你，還得忍受你的天真爛漫，我要求過什麼回報嗎？錢？沒有。感謝？沒有。什麼也沒有。然後今天我不過請你說個故事給我聽——就一個故事——我得到什麼？」他齜牙咧嘴，手掐著脖子，模仿我粗啞的氣音：「我們……改天……一起……吃個飯……」說完他搖搖頭，重重甩上車門，冒著雨氣沖沖地踏步走向他的小屋。看著他踏上門廊，進入屋子，我如釋重負地嘆了口氣。我氣歸氣，但還夾雜其他情緒——一陣陣心痛。那一晚的重逢，玷汙了我心中長久存在的形象：一個與自己的黑暗面奮戰不懈的說故事大師。顯然，黑暗面獲勝。此後我只會記得他是個可悲的老頭，在雨中喋喋不休。我等了一會兒，就倒車離開，駛向高速公路。抱定主意這輩子再也不要見到他了。

但隨著車子越來越接近高速公路，我竟焦躁不安起來。好像不能這樣撒手不管。就在上交流道之前，我迴轉了。當我再次駛進那條車道的時候，屋裡已一片漆黑。我踏過泥濘，走上門廊，站在那裡好幾分鐘，什麼聲音都沒聽見。正決定離開時，我聽到雷尼的聲音從屋內傳出來。

「門沒鎖。」

我進門，看到他正蹲在那座圓形爐子前，拿一只空蛋盒點火，火很快旺起來。他似乎毫不意外我會回頭。「坐。」他頭也不抬地說。爐子對面有兩張大扶手椅，跟以前一樣。我選比較近的那張坐下，椅子其中一邊的扶手破了，填充物露出來。我環顧屋內四周，除了爐火，唯一的光源是廚房桌上的煤油燈。他的屋子本來就狹小，屋裡到處堆滿書。現在，那些書堆又增高了，我可以在石板地上看到書的影子，跟著搖曳的爐火晃動。此外，還有一堆堆舊報紙、箱子和一個黃色的舊手提箱。到處都布滿灰塵，灰噗噗的氣味隨著火光瀰漫整間屋子。

雷尼一聲不吭，只拿著火鉗翻攪火堆。一會兒他終於起身，走向廚房。過了一分鐘再回來時，手裡拿著一罐綜合堅果和兩杯水。我先看著罐子——裡面好像裝著一條彈簧蛇，打開蓋子就會彈出來那種——再注視兩個水杯。我的是普通的玻璃杯，他的則是非常精緻的粉紅色酒杯，杯身有向上盤旋的線條。

「是我祖母的。」見到我盯著他的杯子看，他這麼解釋：「很漂亮吧？這可是她從波蘭一路帶過來的。原本有四個，現在只剩這一個了。」

他在我對面坐下，自己抓了一把堅果吃起來。我盯著他好一會兒，他在成年禮那樣羞辱我，我氣還沒消。但氣歸氣，同情還是占了上風。我想幫助他。

「怎麼樣，你是不是有什麼話要說？」他終於開口：「還是你打算一直坐在那裡瞪著我看？」

「我……可以……怎麼……幫你？」

「我已經告訴你了，我想聽你的故事。」

「我的……故事？」

「不然呢？」他的口氣很不耐煩：「裘爾，我看你的臉就知道，你這陣子過得像地獄。我不知道你出了什麼事，但從你的樣子看來，有人把手伸進你的喉嚨掏走了靈魂。你很慘耶！不過——」他從頭到腳打量我：「——這套西裝挺好看的。」

我花了一點時間才反應過來：多年前，我曾跟他提過我爸講的那個笑話，他竟然記得，令我有點感動。忽然各種情緒湧上心頭，令我不知所措。我望著爐火好一會兒，然後抬頭，看到他仍坐在那裡，張大眼睛，等我開口。

「故事……說來……話長。」

「很好啊。」他說，又抓了一把堅果：「我喜歡聽長一點的故事。」

「我……不知……從何……說起。」

「那不要緊。不管你從哪裡講起，都是故事的開頭。繼續說下去，結局自然會找到你的。」

我坐在那裡，努力思索該用哪些話來描述浮現腦海的畫面。最後我放棄了，開始想到什麼說什麼。「我的……聲音……不見了。」我起了個頭。

「看起來是這樣。繼續說。」

我用兩、三個字構成的詞組，盡可能解釋清楚。這不容易。一字一字刺痛我的喉嚨，讓我喘不過氣，但說出來的感覺真好。我一開口就停不下來，故事泉湧而出。我講了又講，每講兩、三個字就得停下來換氣，一直講到那天晚上的成年禮。

「結果……你都……看到了。」

雷尼臉上的表情和我預期的不一樣；我的故事顯然讓他心煩意亂。一發現我盯著他，他馬上撇過頭，把手伸進他坐的那張椅子的右側底下，撈了好一會兒，總算撈起一只木頭做的雪茄盒。他往盒子裡仔細瞧了一會兒，挑出一支雪茄，一口咬掉茄帽，吐到圓形爐子裡。他點燃雪茄，抽了幾口，然後靠回椅背坐定。

「嗯，好。」他揮揮手說：「繼續說。」

我聳聳肩。沒別的好說了。

他拿著雪茄的手向我比了比。「繼續說啊，我在聽。」

「說……什麼？」

「我聽得正起勁呢，再來呢？」

「我……說完了。」

他搖搖頭：「不不不，還沒完。故事還沒結束，後面還有。」

我又聳聳肩，拿起我的杯子喝口水。

「快說啊，你的重點在哪裡？」他等了一下，然後說：「每個故事都有重點、有重要的本意、有寓意。不然幹麼講。所以，你的重點是什麼？」

「沒有……重點。」

「當然有重點。一定有。」

我挪了挪身子。

「我來說給你聽吧。重點就是：人生冷不防踹了你的屁股。」他吐了個歪歪扭扭的煙圈：「人生就是這樣，對不對？」他拿雪茄比了比門口。「好久以前你走出那道門的時候，我就知道你遲早會回來。現在你果然垂頭喪氣夾著尾巴回來了。」

我瞪著他，震驚到答不出話。然後我重重放下水杯，起身就走。

「哇，又要開溜了？」他在我身後大叫：「你不喜歡聽真話？」

「我……不喜歡你！」

「大概吧。」他聳聳肩：「可是你**需要**我。」

「狗屁。」我一邊開門，一邊放聲大吼，卻只發出了嘶啞的聲音。

「沒錯，你需要我。」他不理我，繼續說：「因為要是沒有我，你就會變成我。」

我從門口回頭望，看到他滿臉通紅站在那裡。他的這番話感覺像是詛咒，加在這幾個月越堆越高的詛咒上頭。就在我踏上門廊的那一瞬間，我聽到他大聲喊出：

「從前！」

我停住腳步。他重複一遍，這次小聲了一點：「從前。」

接著是第三遍，轉為輕聲細語：「從前……」他停頓很久。「在森林的邊緣，有一座宮殿。」

我等他繼續。

＊＊＊

那是一座富麗堂皇的宮殿。宮殿裡住著一位王子。他原本過著幸福快樂的生活，但他從小就被告誡，無論如何都不能踏進森林一步，因為森林被施了魔咒。「只要進去，你一定會迷路。」他的雙親這麼說：「而且我們沒有辦法找到你。」所以他一輩子聽從這句話，與森林保持距離。

＊＊＊

我發現自己被雷尼從門口拉進故事裡。

＊＊＊

有一天，天氣晴朗，王子碰巧走到森林附近，竟然被好奇心征服。偷偷瞄個幾眼應該沒關係吧？就連站在森林外緣，他都可以聽到奇特又美妙的聲音，還看到羽毛華麗的鳥兒。他往裡面走了進步，看到結實累累的果樹，都是他未曾見過的果子，兩旁還有潺潺小溪。他深受吸引，不自覺走到森林深處，走了好幾個鐘頭，才驚覺該回家了。這時他才發現自己完全迷失方向。他心慌意亂，發狂一般走了一條又一條小徑，想找到來時路，但徒勞無功。那一晚他睡在森林裡，孤單又害怕。隔天他一覺醒來又到處亂走，拚命尋找出口。他找了一整天都找不到。第三天也是一樣，越走越絕望。就在萬念俱灰之際，他看到一名老人。

「謝天謝地，終於見到人了。」王子向老人飛奔而去：「我找不到出去的路。我在森林裡迷路三天了！」

「三天？」老人笑著說：「我已經在這裡迷路三年了！」

王子的希望落空，他說：「那你幫不上忙了。」

**「啊！」老人回答：「那你就錯了。因為雖然我不知道哪條路可以走出森林，但我知道一百條走不出去的路。來吧，咱們一起走，一定能找到出路的。」**

＊＊＊

我發現自己又在雷尼對面坐了下來。

「你只告訴我發生了**什麼事**。」他輕輕地說：「可是沒告訴我**為什麼**。」

「我……不……知道……為什麼。」

「沒錯，你的確不知道。不知道為什麼，就成不了故事。只會吃更多的苦頭。毫無意義的苦頭。無盡的折磨——這種折磨，我已經承受夠多了。受夠了。這個世界多的是這種折磨，如果我還沒見識夠，只要看看報紙就有。」

「那你……知道……為什麼……嗎？」

他聳聳肩，想了想：「我只知道這件事：人生是嚴厲的老師。她會先給你考試，然後才開始上課。」他身體向我靠過來，溫和地說：「噢，裘爾。我很難過。真的替你難過。我看得出你這陣子過得跟地獄一樣。我也沒有答案，只能再問你一個問題。那就是：你準備從自己經歷的一切中學習嗎？」

我想了一會兒，然後點點頭。

「那就好。因為直到現在，你都還像那個進修道院的傢伙。」他笑著說。我一時沒意會到典故，只好等他說下去。「從你來到這裡，就只會嫌東嫌西，其他什麼事都不做！」

他掐熄雪茄，從椅子上站起來，走向櫥櫃，拿了一條毯子回來。「我累壞了。」他說，手比了比沙發：「你今晚就在這裡過夜吧？我們明早再聊。」說完，他就走進房間，關上了門。

這時我才猛然想起自己人在哪裡，意識到此刻的時間。我打開手機——閃出六則訊息——然後打給塔莉，她接聽了，聲音聽起來迷迷糊糊的，還夾雜著憤怒，但知道我沒有橫屍路邊，她就放心了。我跟她說隔天才回去。

掛上電話，我慢慢環視房間各處——書堆、搖曳的爐火、桌子、我喝了一半的水杯，還有對面雷尼的粉紅色酒杯。

我躺在雷尼的沙發上，凸出來的彈簧頂著我的背。我翻來覆去好一會兒，才找到舒服一點的姿勢。就在好不容易快睡著時，我聽到一聲轟鳴巨響。我坐起來，心中一

陣恐懼，直到聽出那是雷尼在房裡的打鼾聲。

既然睡不著，我開始想雷尼的事，想著自己竟然莫名又回到這間小屋。也想著他的問題：我經歷的這一切是有原因的嗎？這是值得玩味的問題，幾個月來，我一再問自己，始終沒有答案。但聽到他這樣說，我又不禁懷疑起來。他似乎相信原因藏在某個地方，有個理由可以讓這一切變得合情合理。

世事真是這樣運作的嗎？生命中發生的一切，都是有原因的嗎？就在提出這個問題的同時，我開始列出一連串不可能有原因的事情——人類的大屠殺、可怕的隨機疾病、悲慘的意外。例子洋洋灑灑，增加得很快。但隨著例子越來越多，我反而更想要相信，事出必有因。

雨停了，現在我只偶爾聽到水滴從樹梢落到屋頂的聲音。雷尼的鼾聲也停了，我開始聽見鳥兒歌唱。我望向窗外，穿過樹縫，看到一小片天空，正綻放著我從未見過的紫色天光。

「早餐上桌囉。」

我聽到正前方砰的一聲悶響。我睜開眼，面前的桌子上擺著一顆油亮的貝果，離我的鼻子不到二十公分。我又閉上眼。

「朋友，總歸一句。要麼是人生想藉此對你說『滾吧你』，不然就是——」他停頓很久，我睜開眼睛，視線越過貝果，看到他站在那裡。隨著他慢慢變得清晰，我覺得他看來甚至比昨晚還糟，蒼白臃腫的身軀只穿著背心和條紋四角短褲，兩腿卻瘦成皮包骨，還青一塊紫一塊，我不禁納悶這怎能撐得住他的身體。

「——或許……」他總算繼續說下去：「或許你會得到一輩子的禮物。」

「什麼？」我不知怎麼回他。

他說：「說不定啊，失去聲音，是你這輩子遇到最美好的事呢？」

我瞪著他，真的無言以對。禮物？他在鬼扯什麼？我不知道現在幾點，但顯然還很早。我坐直起來，盯著那顆貝果。就像腦裡有時會莫名浮現某幾句歌詞，這時我不禁回想起我媽很愛說的一句話：「貝果是上過大學的甜甜圈。」我伸手抓來。它是冷的。我咬了一口。裡頭竟然是結凍的。

「明白了嗎？」他問。

我頭痛欲裂，下背部還劇烈刺痛，八成是因為睡在彈簧上頭了。貝果旁邊有一杯咖啡，看得出是即溶咖啡，表面還漂浮著褐色的粉末。

「唔。」他又開口：「你想知道這種事為什麼會發生在你身上，對吧？」

我點點頭。

「哎呀。」他說：「很清楚啊。」我等他繼續，但一看到我專心聽他講，他又賣關子了。「或者說，等你準備好，一切就會清清楚楚。只是你還沒準備好罷了。」

「什麼……意思？」

「因為那是真相，而你害怕真相。」

我坐在那裡好一會兒，嚼著貝果，不明白他究竟在胡說些什麼。

「真相。」他繼續說：「全部的事實，真正的事實，沒有任何虛假，絕對的真理。真相必定會帶給你自由。」他像在傳福音似的：「這就是我們說故事的緣由啊，你不明白嗎？故事啊，不過就是說出真相的金色謊言。」

我不知如何回答。

「起碼應該是這樣。可是你，你一直在逃避真相。現在你必須掉頭，換另一條路走。去追求真相吧！在你不想去的幽暗角落尋找真相。」他停了下來。我以為他說完了，但過沒一會兒，他臉上又浮現微笑。

「欸！」他說：「我有沒有跟你講過尋找真相的故事啊？」

故事起源：印度

# 尋找真相

從前有一個人決定動身尋找真相。他散盡家財、拋妻棄子、走遍天涯海角，只為找到真相。

流浪了許多年，他的旅程來到印度，在那裡聽到好多關於一座遠山的傳說。人們告訴他，真相就住在那座山的山頂，上山就找得到。

他尋尋覓覓好幾個月，終於找到人們口中的那座山。他爬了好幾天，終於來到一個洞穴的入口。他朝洞裡呼喚，片刻後，洞裡傳出回應，是個老婦人的聲音。

「有什麼事嗎？」

「我要找真相。」

「噢，我就是。」

他走進洞裡，一路來到最深處，看到一個他畢生見過外貌最可怕的怪物，瑟縮在一團火旁。她的兩眼凸出，其中一眼比另一眼更凸，臉上長滿肉瘤。嘴巴露出幾顆暴牙，長長的糾結亂髮垂到肩下。

「妳？」他說：「妳就是真相？」

她點點頭。

雖然對她的外表感到震驚，他仍留下來和她在一起，發現她的確是真相。他在洞裡住了好多年，學習她的處世之道。最後，他準備離開，問她可以如何報答她的恩情。

「我只想請你幫一個忙。」她說：「等你重返凡俗後，向別人提起我的時候，請告訴他們，我年輕又漂亮！」

# 5 尋找真相

有些故事會讓你感到溫馨愉快，覺得世間一切美好。有些故事單純是要令你開懷大笑。但還有些故事會使你不知所措，像一隻老鼠穿過蛇身那樣，穿過你的心靈。〈尋找真相〉的故事就是這樣。我不知該如何看待。我也不知該拿雷尼怎麼辦。事實上，那天上午，當我開車沿著海岸從聖塔克魯茲開回柏克萊時，我根本不曉得該拿這一切怎麼辦。

這就是我決定開上一號公路的原因。這條彎曲且細長如絲帶般的公路，沿著加州海岸蜿蜒前進，東側是陡直的峭壁，西邊是洶湧的太平洋。這條路比我昨晚開的路線還要長，但景色美到令人驚豔，非常適合腦袋一片渾沌的人。

這段路我開過好多次，但從不覺得膩。那天早上雖然沒下雨，我仍感覺得到暴雨將至，因為陣陣狂風一再吹起擋風玻璃上的雨刷，隨後又讓它們重重摔回去。我瞥見前方的懸崖上有株孤伶伶的絲蘭樹，緊抓著崖壁求生；在樹上有隻蜂鳥，先往下衝，又往上竄，又再次俯衝而下。

我想起之前開這條路的情景，想到我特別留給這段車程的最愛音樂——美國爵士樂與古典鋼琴家凱斯．傑瑞的《科隆音樂會》專輯。我把手探進置物箱中翻找，它當然在裡面，雖然標籤快脫落了，但就是它沒錯。我把它塞進卡座，然後就聽到絕妙的鋼琴和弦。

凱斯的專輯不是沒有歲月痕跡——這卷帶子一定在某個時候受潮了。音樂有時太大聲，有時又幾乎聽不到。但我就任由它播放，一邊駛過幾座跨海橋梁，天上雲朵翻滾，橋下潮浪翻騰。

我又想到雷尼說的故事，想到他一邊說一邊笑，然後指著門的方向，彷彿要請我離開。「告訴他們，我年輕又漂亮。」這句話他說了兩遍。這是什麼意思？真相是騙子嗎？或者她其實很漂亮？雷尼也年輕又漂亮？

我想到出神，很久才注意到凱斯的琴音已經完全安靜下來，只剩下細微的嘎吱嘎吱聲，像小老鼠吱吱叫。我低頭一看，亂七八糟的褐色帶子正從儀表板吐出來。是我的卡座把凱斯專輯大嚼一頓，然後吐了出來。

換作從前，這種事一定會把我惹火，但我已經沒有生氣的餘裕了。所以我看著帶子滑落下來，在我腳邊纏成一堆。

雷尼、失眠的夜、成年禮、過去幾個月、我自己的聲音不斷在腦袋裡迴盪的嗡嗡回音——沒有空間了。我的腦袋已經塞滿了。

我把車停在路邊，走出車外，任海風灌飽肺葉。底下，海浪拍擊岩石，激起一陣水花濺上我的臉，感覺還不賴。除了全盤接受，別無他法。我沒經歷什麼大澈大悟，但內心有什麼東西悄然改變了；我已經越過混亂那條線，進入困惑階段。困惑，這種感覺還不錯——當中仍同樣覺得迷惘，但會多一層驚奇的感覺包圍。

我過馬路，沿著一條小徑往下走向海浪與峭壁之間的潮池。海鷗在高空盤旋。在懸崖面上高約六公尺的地方，我看到一塊陰影，有幾株冰花頑強地長在前緣。我攀上岩石，發現一個洞穴的入口，比從下方看時大很多，高度正好可以讓我的身體挺直走進去，不必彎腰。

洞裡有條小徑，走一段後就朝右彎。一轉進去後，風聲和海潮聲越來越弱，再走幾步就萬籟俱寂。盡頭有一塊乾爽的空地，甚至還有一塊突出的岩塊，像一張靠牆的長椅。我坐下來，這正是我一直在尋找的地方。

「好。」我對自己說：「我準備好了。」

準備好什麼？我不知道。但冥冥之中，似乎有股力量把我帶來這個地方。畢竟，不可思議的事都在洞穴裡發生。尋找真相的男子就是在洞穴裡找到真相。人們會進洞穴避難。我想到小時候聽過關於大衛的《聖經》故事。

＊＊＊

掃羅王派兵追殺大衛，大衛一路逃到死海附近的肥沃綠洲恩蓋迪。為了保命，他鑽進一個洞穴——深度僅勉強夠他一人藏身，但這是他唯一能找到的藏身之處。就在他努力擠身，窩在洞裡暗處的時候，他看到洞口有隻小蜘蛛。那一刻，他暫時忘了追殺他的士兵，專心凝視蜘蛛在洞口結網。幾分鐘後，掃羅王的士兵經過，大衛緊貼著牆，屏住呼吸，聽他們在洞外交談。

「他一定在裡面！你查看過了嗎？」

「不用麻煩啦。他不在這裡。你看，洞口都結滿蜘蛛網了——要是他進洞裡，一定會弄破網子的。」

士兵離開了，大衛依舊默默地坐著。就在這時他聽到了——一個沉定的細微聲音。是上帝的聲音——不是隨閃電劃破烏雲的轟隆巨響，而是只能在靜默中才能聽見

**的聲音。這個聲音向他保證，上帝會永遠與他同在。終其一生，正是這個聲音引領著他，賦予他寫下《詩篇》的靈感，也在他迷失時幫忙。**

* * *

我也想聽到那個聲音。那個沉定的細微聲音。我希望它告訴我，我一直錯過的訊息，雷尼說的「明擺在眼前」的訊息。一句真話。什麼都好。就算只是一聲「哈囉」也好。

我又在腦海中說了一遍：**好了，我準備好了。**

我可以感覺到自己豎起耳朵，用力在聆聽。我咬緊牙根，一動不動地坐著。我聽到洞穴深處，某個角落有一滴水滴落。然後重歸寂靜。不一會兒，我的腦海有聲音響起，平常那些評斷、批判的聲音，我趕緊驅散它們，生怕它們干擾我迫切想聽到的那個沉定的細微聲音。

我坐在那裡好久。聽得見自己的心跳聲，偶爾會聽見水珠滴落，但除此之外，一片寂靜。

在這個洞穴裡，根本沒什麼細微的聲音向我傳來。我步出洞穴，外面的光線顯得格外刺眼，在我走回車子的途中，雨又開始下了。

我回到家，等著塔莉對我大發雷霆——她有充分的理由生氣，畢竟我讓她擔心好久，過了午夜才讓她知道我人在哪裡。我看到她在踩跑步機，走得好快。她沒有停下來，邊走邊訓了我一頓——極其生動地形容她有多驚慌，還細述閃過她腦海的畫面，包括我陳屍水溝裡，任渾濁泥水從身邊流過。

教訓完，她嘆了一口氣。很長、很慢的一口氣，邊嘆氣邊搖頭。

「裘爾。」她終於又說話：「我昨晚躺在床上等你的時候，想通了一件事。這幾個月來，我一直抱著一線希望，期盼你的聲音會回來。我不能再這樣下去了。」她按下暫停鍵，跑步機停了下來。「我愛你，孩子們也愛妳，但我們必須繼續向前走。你的聲音失去了，也得繼續。」

塔莉這番話，不是我想聽的。不是。我想聽的是那個沉定的細微聲音，而且我還不打算放棄希望。

我每天都在尋找徵兆中度過。剪頭髮的時候，聽著理髮師喋喋不休——說不定他就是那個信使？我在雲朵裡尋找訊息，在陰暗處注意蛛絲馬跡。我每星期買一次樂透彩券，心想運氣已經背到底了，好運可能就會到來。我隨機翻閱報紙，閉上眼睛，隨便指一個字，希望那個字會讓靈光乍現。我穿著自己的幸運運動衫。不管去到哪裡，都在尋找徵兆。比如我在一號公路看到的蜂鳥，牠向來是我的幸運符，無論何時見到一隻，我都視為好兆頭。

大約過了一星期，一天晚上，我真的等得不耐煩了。塔莉和孩子都睡著了，我覺得要是不去找點事情做，一定會崩潰。什麼事都好。走進廚房，我看到碗盤堆積如山。這是儘管我不喜歡，卻可以做的事。我開始動手，從最簡單的杯盤開始，一直洗到比較難洗的鍋子。我把水槽放滿肥皂水，又想起那天去雷尼家的情景。

真相。雷尼說我逃避真相，應該回頭面對真相。沒問題，只是，那個真相，那個要人相信它年輕又漂亮的真相，究竟是什麼呢？在刮掉烤盤上的污漬時，我這麼問自己。嗯，真相是我的聲音消失了。塔莉說得沒錯。控制我聲帶的神經不是休克，而是壞死了。手術至今快四個月了。它沒有恢復。機會的窗子，已經關上。

這就是真相，簡單明瞭，一點都不漂亮。我用力刷洗一口印象中從來沒有完全乾淨過的煎鍋。失去了聲音，我說故事的日子就結束了。毫無轉圜餘地。說來可笑；我原本的職業是把人生帶給我的一切編成故事講，就像雜耍演員拿棍子轉盤子一樣。但現在突然停止，一切崩塌掉落了，落在滿是鍋碗瓢盆的水槽裡。失去聲音，我再也編不出故事，就像《格林童話》侏儒怪故事裡的磨坊主的女兒，再也無法把麥稈紡成黃金了。

環遊世界說故事一直是我的夢想，我已經追逐近二十年的夢想。它帶我走過漫漫長路，但現在結束了，就像父親斷了小提琴演奏，母親斷了新聞事業那樣。我曾讀過這麼一句話：步入中年，你就不必再擔心自己越來越像父母，因為你會發現自己已經變成他們了。而我，就是在那一刻，在水槽前面，步入中年。

我順便洗了塔莉其實不需要洗的黃色茶壺，想起高中的畢業典禮。致辭代表站在畢業班前，熱淚盈眶地說：「這是我們一生最美好的時光。」

「烏鴉嘴。」我當時這麼說。人生從高中畢業就開始走下坡，是好可怕的想法。那個致辭代表錯了；人生在高中之後會漸入佳境。但現在，我似乎真的每況愈下。我不再是自己曾經期許的那個偉大父親，連很好都稱不上。我動不動就發脾氣，不耐煩，跟我父親生病時沒兩樣。內疚讓我感覺污穢，於是開始刷洗金屬爐灶架。

我不僅令孩子失望，也辜負了塔莉。我想起我們的婚禮。那是傳統的猶太婚禮，

結束前，拉比會拿餐巾裹著一只酒杯，說：「且讓它提醒你們善待對方。」他把這只酒杯放在地上。「因為在生命中，有些事物就像這只玻璃杯一樣脆弱。等會兒在你們弄破它的時候，請讓它提醒你們，有些事物一旦破碎，就永遠不可能修復。」當時我們重重踩了杯子，眾人高喊：「百年好合！」此時此刻距離婚禮那一天還不到十年，我們的杯子碎了。

這就是真相，簡單明瞭。我一直刻意不去看見。它也一點都不漂亮。事實上，它又老又醜，而且越看越醜。

不過我也發現這件事——我和真相相處越久，碗盤就越乾淨。我打開熱水，轉到我還能忍受的溫度，想起一個禪宗的故事，我讀過好幾遍，卻未曾真正領悟的故事。

***

**有個弟子去找一名偉大的禪師，尋求開悟。弟子知道依照傳統，他必須先讓禪師開口，但禪師不發一語。兩人沉默地對坐良久。後來，禪師盛給他一碗飯，兩人靜靜地吃著。最後，禪師說話了。**

**「你吃完了嗎？」他問。**

**「吃完了。」弟子說。**

**「那就去洗碗吧。」**

＊＊＊

故事到此結束。我以前總覺得這個故事沒講完，但現在，刷洗爐灶架時，我全明白了。有時，你除了洗碗，什麼也做不成。就這麼簡單。我們一直在找花俏、閃亮、炫目的東西，可是一旦真的去探究真相，它有時就是這麼簡單。

幾年前我曾去阿拉斯加巡迴說故事，順道親自造訪一條冰河，結果驚詫不已。我以前從不知道冰河到底是什麼——原來是廣闊、結凍的河流，會把途中的一切通通磨蝕掉，只剩下最堅硬的岩石。這就是真相——冰下的岩石。

那個禪宗故事還有一層含意：完結感。弟子吃完飯，就得去洗他的碗。這正是我需要的——完結。收尾。做個了斷。

「你的帽子？」我把帽子拿給雷尼時，他這麼問。過了好一會兒，他的臉色才浮現恍然大悟的樣子。「噢，是我給你的那一頂。現在你要還給我？為什麼？」

我嘆了口氣。「我用……不著了……」

那天是十一月，已近中午，空氣冰冷與清爽。我站在門廊，看著自己呼出的白氣，等他回應。

他仔細端詳這頂帽子，多年下來，它已經從深灰色褪成淺灰色，只有絲帶鬆掉的地方還看得見幾許深色痕跡。帽內的皮革帶已經磨損，緞面內襯也破爛了。他翻回來，彷彿掂重一般拿著它，示意要我進屋裡去。

我在爐火前那張墊了太多東西的椅子坐下，告訴他從幾星期前見到他以來發生的種種，說了洞穴，也說了洗碗的事。等我說完，他又拿著帽子，仔細端詳起來。

「所以，你要把它還給我，是嗎？」

我點點頭。

「你確定？」他把帽子遞過來，但我沒有接下。

「好喔。那接下來呢？」

我不知道。我已經開始想念那頂帽子了。畢竟它跟著我去了那麼多地方，感覺就像個老朋友。我稍微伸手想討回，但雷尼把它抽走了。

「謊言的分量可重了。」他說：「而你已經背負謊言好一段時間了。」我點點頭。「所以你總算認清自己說故事的日子結束了，是嗎？」雖然我已經對自己說過一樣的話，但聽到他這麼說，還是免不了一陣心痛。「該向前走了，對吧？」

我又點點頭。

「好。」他說：「所以，你已經準備好，可以開始了。」

「開始？」

「開始講故事啊。」我聽不懂他在說什麼，但他一臉正經。

「可是……」

「可是什麼？」

「我……不能……說話。」

「這我知道。」他說：「但說故事的重點，並不是你說的那些字句。只要你心裡有故事，心胸夠開闊，就會變成一個管道——故事會在你體內流動。至於那些字句——」他揮揮手，表示不屑：「只是注解罷了。」

我瞪著他。他到底在胡說什麼。「太……荒謬……了。」我擠出回應。

「好吧。」他說。他沒再多說什麼，起身就走進廚房。

我坐在那裡等了好幾分鐘，不知該留下還是離開。就這樣？今天就到此為止？我聚精會神，聆聽廚房裡的動靜，但是什麼也沒聽到。正當我決定離開時，雷尼從廚房裡呼喊：

「因為你滿腦子都是迷惘。」他說，彷彿在回答我沒問出口的問題。片刻後，他端著托盤出現，托盤上有一只藍白相間的中國茶壺、一個茶杯和一個茶碟。上面還有他的粉紅玻璃杯，已經裝滿水了。他把玻璃杯放在自己椅子前的茶几上，然後把茶碟和茶杯放在我面前的桌子上。他不發一語，開始幫我斟茶。茶是濃褐色的。他斟得很慢、很謹慎。我注意到他的手微微顫抖。茶斟滿了，但他繼續倒，沒有停。茶溢出杯緣，流到茶碟上。

我急忙揮手，指著杯子，但他沒有停下來的意思。

茶溢出茶碟，流到桌上，然後滴落到石地板上。

「雷尼！」我盡可能大叫，但叫出來的聲音又嘶啞又弱。

他還在倒，一邊說：「你的腦子已經塞滿了，要怎麼學新的東西呢？」

我總算懂了。這是另一個故事，他多年前告訴我的故事，講的是有位西方哲學家拜訪禪師，請他解釋禪理。禪師的回應就和雷尼剛剛對我的方式一樣。

「我們第一次碰面時，我就告訴過你了。」雷尼繼續倒茶，一點也不在意那灘茶水正在地板蔓延開來：「別浪費時間找答案。」他放下茶壺，重新點燃剛才已熄掉的雪茄。

「我學到的是：答案準備好了就會出現。問題越難，答案越簡單。至於你的問題，答案說不定可以歸結為一個字。但猜測是沒有意義的。字句本身是沒有意義的。首先你應該學會愛這個問題：『我為什麼會失去聲音？』」他笑了笑：「就把它想成……一道謎語。」

雷尼向來喜歡謎語，他稱謎語為「赤裸裸的故事」，會像狗啃咬舊鞋子那樣咀嚼謎語。他會這麼說：「在每一個故事的核心，都能找到謎語。」

我記得當年來這裡拜訪時，他會不時迸出莫名其妙的謎語，比如他有一次問：「什麼東西是綠色的、掛在牆上，會吹口哨？」我左思右想猜不出來，只好放棄。

「你放棄了？」他說：「是鯡魚。」

「可是鯡魚又不是綠色的。」

「喔，你可以把它塗綠啊。」

「鯡魚也不會掛在牆上。」

「你可以把它釘上去。」

「鯡魚更不會吹口哨。」

「啊！」他得意地說：「那是我故意加上去的，增加難度嘛。」那些謎語都很無厘頭，但總能逗我笑。現在，他又來了，開始講謎語，彷彿謎語隱含某種深意似的。

「事情是這樣運作的。」他說，搖晃手中的玻璃杯，讓水迴旋起來。「通常呢，答案就擺在你面前，顯眼到你看不見。要等到問題已經像水淹到脖子了，你才會看見。」他呼出一口煙：「在那一天到來之前，你就只是在篩檢沙子罷了。」

「沙子？」我不明白。

他點點頭。「就像那個邊界衛兵啊。你聽過那個故事吧？」

故事起源：奧地利

# 邊界衛兵

從前從前，有個瑞士衛兵負責戍守瑞士與奧地利的邊界。他在那裡工作好多年，對自己的任務深深自豪。

一天早上，有個奧地利人騎著腳踏車來到邊境。車子前面的籃子裡裝滿了沙子。換成別的衛兵可能直接揮手放他過去，但這位瑞士衛兵不會。他拿出一把特製的耙子，是他專門為類似這樣的用途準備的。他開始篩檢籃子裡的沙子。你猜得沒錯，他懷疑這個奧地利人走私。但除了沙子，他一無所獲，只好揮手放人過去。

第二天，同樣的事情又發生一遍，第三天再度重演。雖然衛兵始終沒有發現任何東西，他還是日復一日認真檢查，就這樣過了三十年。

最後，瑞士衛兵忍不住開口問奧地利人。「我得請教你一個問題。」他說：「這個問題擱在我心裡好多年了。今天是我最後一天值勤，值勤完就要退休了。這麼多年來，我一直懷疑你是走私客。今天我一定得知道實情不可，所以我問你——你究竟是不是走私客？」

眼見奧地利人有所遲疑，瑞士衛兵再三保證：「別擔心——我保證不會告發你。但我一定要知道答案。」

「好吧。」奧地利人說：「那我就老實告訴你——我的確是走私客。」

「啊！」衛兵說：「我就知道！但我天天徹底檢查你的籃子，結果除了沙子，什麼都沒發現。請你告訴我，你究竟走私什麼東西？」

「腳踏車。」

# 6 邊界衛兵

「這是最難的。」雷尼來回踱步，揮著他的雪茄說：「看清楚明擺在你眼前的事物，是最難的事。天曉得，我花了大半輩子尋求山巔上的開悟，結果現在，我又回到原點，我的起點，繞了一大圈。」為了強調「一大圈」，他試著吐出煙圈，結果失敗。

「欸。」他說：「你知道米開朗基羅是如何雀屏中選，幫西斯汀禮拜堂畫畫的嗎？」我不曉得。「他贏得比試。教宗決定教堂的穹頂必須由當代最優秀的畫家來畫。別忘了，當時可是文藝復興時代，多的是優秀的畫家──波提切利、多那太羅、達文西等等。教宗派主教到義大利各地，蒐集最能展現每位畫家最好實力的樣本。最後他們找上享譽盛名的米開朗基羅。米開朗基羅大可隨便給他們一件作品交差，隨便一件都令人歎為觀止，但他沒這麼做，聽他們說完來意後，他拿出一大塊空白畫布和一截炭筆。眾目睽睽下，他在畫布上畫了一個大圓圈，然後交給主教。

「他們滿腹狐疑，但還是把這個圓圈連同其他畫家的作品帶回去給教宗。教宗一遍又一遍細看所有畫作，卻發現自己的目光總是不由自主地回到那個圓圈——不知它有何玄機。最後，他眼中再也容不下其他畫作，只有那個圓圈了。他量了一下，驚訝地發現，它是個正圓。毫釐不差的正圓。

「人生也是如此——一個毫釐不差的正圓形。而我們的任務，就是在浩瀚無垠的空白畫布上一次又一次畫出這個圓形。沒有比這更複雜，也沒有比這更簡單的事了。你從一個點開始，繞一圈，最後回到原來的起點。」他舉起右手食指，在半空慢慢勾勒出一個圓形。

「最難的是你畫到一半的時候。你不曉得怎麼辦，該往哪個方向去，該前進，還是後退。就像游泳渡河的人——游到河中央時，覺得對岸太遠，所以想掉頭游回去。但你也知道，人生啊，是不能回頭的。」

他打開爐門，一股熱氣突然襲向我。他拾起火鉗，把木柴撥來撥去。我以為他要添加新的木柴，卻見他把手伸到桌上，拿起那頂帽子，丟進爐火裡。我下意識跳起來向前一撲想伸手去抓，然後又打住了。他用火鉗把帽子推到更裡面，接著關上爐門。

我瞠目結舌，隔著玻璃杯看著火焰圍住我的帽子。它開始慢慢悶燒，冒出一團藍煙，漸漸瀰漫火爐，接著帽頂突然迸出烈焰，熊熊燃燒。

我就這樣看了好幾分鐘，然後抬頭望向雷尼，他也凝視著火舌，神情和我的心情一樣悲傷。

「讓它去吧。」他輕聲說：「人生就是這樣。我們出生的時候緊握拳頭，握得好緊。但死的時候，雙手是打開的。」他伸出右手，掌心向上：「我們得學會怎麼好好地死去，所以每天都要死一點點。」

我們靜靜坐著，凝視爐火，已經見不到帽子的蹤跡。「欸。」他終於開口：「你有沒有聽過西班牙探險家柯特斯的故事？他抵達新大陸後做的第一件事情是什麼？」

我仍凝視著帽子原本在的地方，依舊目瞪口呆，沒辦法回答。不過我的確知道那個故事——我常講。

「他放火把自己的船全燒了。燒光光，一艘也不留。」雷尼說：「你知道他為什麼這樣做嗎？」

我點點頭，很高興自己起碼知道一個問題的答案。「這樣……他的……手下……就無法……回頭了。」

他臉上浮現一種我只能形容為震驚的神情。我以為他的心臟病可能要二度發作了，但隨即看到他在搖頭。他嘆了口氣，震驚也轉變成失望。

「是什麼……」我先說話。

「千萬別這麼做。」他終於開口說：「萬萬不要。」

「什麼……」

「就算這個故事你已經聽過成千上萬遍，也不要自以為了解。還有，**萬萬不要**說出結局。」

我點點頭，雖然不太懂他的意思。

「因為你永遠不知道這個故事可能帶來什麼。你也無從得知自己是否遺漏了什麼。」他瞪著我，彷彿要在我心底查找什麼似的。

「所以——」他說：「你還沒回答我的問題。你要回答了嗎？」

「什麼？」

「不是什麼，是**為什麼**。你真的知道自己**為什麼**想說故事嗎？」

我凝視著他，完全不知道他在講什麼。我又沒說什麼想講故事的事。然後我想起來了。他是在說那個下午，將近二十年前，我第一次來這裡敲他家門的那個下午。但他講得好像是剛才發生的事。

「因為沒有答案，我們就會卡住。」他說：「等你有答案，再回來吧。」

又一次，雷尼把我耍得團團轉。我是來跟他說自己的說故事生涯結束了，他卻說這才是開始。我帶著一個答案來找他，他竟然回應我另一個問題，而且這個問題還是從久遠的過去撈出來的。

**當初**我為什麼想說故事？我努力回想。這個問題我以前被問過不下百次，觀眾問、記者問，不管遇到誰，只要對方得知我以說故事為業，幾乎都會問。我有十多種標準答案，但現在看來全都顯得膚淺與敷衍隨便。

事實是，我從有記憶以來就在講故事了，起先是說給媽媽聽的那些故事。在這之前**還有**其他故事，但我不想聽。那些故事是我祖母說的。她人高馬大、皮膚蒼白、一頭白髮，總是面露恐懼。有時我們一早醒來會發現，她躺在我家門前的人工草皮呼呼大睡，旁邊擺著一盤猶太乳酪捲餅。她看起來睡得很安詳，永遠穿同一件有白色圓點的棕色洋裝，遮住她臃腫的身軀，眼鏡摺好放在一邊。我們出門上學會舉起腳跨過她，小心別吵醒她，因為一旦吵醒了，她就會開始放聲大叫。

「你爸呢？那些送瓦斯的！你們得想想辦法！他們追來了！他們會拿瓦斯砸我！」

「阿嬤，沒有送瓦斯的。」我們會說：「這裡沒有送瓦斯的。」

「他們在追我！他們會拿瓦斯砸我！」

我們試著跟她講道理。「瓦斯不能砸啦。」

「呿！」她會說：「你爸人呢？」

祖母的頭髮從她十幾歲離開波蘭那一天就白了。它原本是金色的。曾聽我爸說，那天她在克拉科夫火車站出了事。詳情他不清楚，只知道跟兩個哥薩克人和一筆錢有關，而她好不容易才活著逃出來。不過，據說她隔天早上在火車上醒來，就發現自己頭髮一夜全白。從此，白色——和恐懼——如影隨形，直到她過世那一天。她曾兩度被關進精神病院，一次在克里夫蘭，一次在芝加哥，兩次都逃出來，尾隨我爸媽到加州。她自己的人生擔心受怕還不夠，還為我爸的人生擔心受怕。她相信自己做的食物能救他。這就是她帶捲餅來的原因；她堅信，我媽想毒死我爸。

對我和我哥來說，這個下毒的想法最奇怪。我們的媽媽說什麼都不會傷害任何人，甚至連半句惡言都不會說出口。認為媽媽要毒死誰的想法太可笑了，偏偏祖母深信不疑。她會打電話給我們，有時一天打十幾通。如果是我媽接的，祖母會馬上掛斷，但如果是我或我哥接的，她就會開始叫嚷。

「你媽——她是殺人魔！她要殺死我的巴比！」說完就痛哭起來，讓電話這頭的我們不知如何是好。

「掛斷就好。」爸爸會這麼解釋：「她生病了。掛斷就好。無論如何，別告訴她家裡的事，也別說我在哪裡工作。」

每一次爸爸找到新工作，祖母都找得到他在哪裡上班。然後她會打給他的老闆，說我媽下毒和瓦斯工的事。她會每天打，天天打，打到我爸被開除為止。

祖母不是一直這麼瘋癲。她也有腦袋清楚、和藹可親，甚至溫柔慈祥的時候。這時當然不會講什麼瓦斯工，她會找我們去她的公寓，坐在她的藍絲絨沙發上，吃她自己做的乳酪草莓果醬捲餅。我想要愛我的祖母，努力不去想她的瘋癲，只去想她的捲餅就好——我還滿期盼偶爾能嘗到這種點心。

然而，一天晚上，我們到她的公寓，她把捲餅拿出來的時候，好像有什麼不太對勁。我爸拿起來聞一聞，切開一塊，然後大吼：

「媽，妳幹什麼？」他怒不可抑：「樟腦丸！妳的捲餅裡包樟腦丸！妳要害死我們啊？」她不發一語，站在那裡，害怕得發抖。此後我們再也不在她家裡吃捲餅。

喏，這些就是我最早聽到的故事——關於瓦斯工、下毒和死亡的胡言亂語，沾染了瘋癲和樟腦丸的味道。

故事起源：伊拉克

# 約定

從前在巴格達有個商人，他派僕人到市場採購。僕人一到市場，抬頭就看到死神望著他，還伸手指著他。

僕人驚恐萬分，趕緊衝回主人家中。

「主人！」他哀求：「你一定要救我！我剛才在市場看到死神，祂盯著我看啊！我該怎麼辦？」

主人靈機一動。

「快騎我的馬，用最快的速度到薩邁拉城。你會在日落前到達，在那裡趕快找個地方躲，死神就找不到你了。」

僕人照主人的話做了，主人也即刻動身到市場找死神理論。

「祢這什麼意思？」見到死神後，商人問：「幹麼嚇唬我的僕人？」

「我不是故意要嚇他的。」死神回答：「說真的，是他嚇到我了。我很驚訝會在巴格達見到他，我們明明是約好今晚在薩邁拉碰面的。」

# 7 約定

「這兩個故事是一樣的。」雷尼講到結尾時說：「而且我覺得，你和你祖母似乎有個約定。」

那天天氣晴朗，我們散步穿過他小屋附近的樹林，來到一條小溪。他拄著拐杖，一跛一跛，走得很慢。我跟他說了我祖母和瓦斯工的事、那些我努力想驅散的故事。他聽了似乎心情低落，講起死亡和惡魔的事。

「死亡最後會逮住你，但在這之前，你注定會被惡魔追趕。不管你去到哪裡，不管你做什麼，他們都找得到你。一旦你落入魔爪，除非你轉身面對，否則他們是不會鬆手的。其實這就是柯特斯燒毀自己船的原因——你聽過這個故事吧？」

我不打算說聽過。

雷尼繼續說：「好，據說柯特斯一踏上新大陸，所做的第一件事就是燒掉他的船，一艘不留。你知道為什麼嗎？」

我搖頭。

「我來告訴你原因吧。這樣他和手下就別無選擇，只有面對惡魔了！」他綻放燦爛的笑靨，睜大雙眼。

「惡魔！」他又說一遍，把手指彎成像爪子一樣：「他們會糾纏我們，在我們的人生苦苦掙扎時，戲弄嘲笑。他們窮追不捨，我們跑得越快，他們笑得越起勁！」

他弓起身子，揪著臉，向我走過來，一邊用鼻音尖聲尖氣地說：「『你這沒用的東西！』他們會這樣說：『廢物一個！當說書人，卻連講話都不會！』」他撇過頭去，眼睛睜得好大，用盡全力叫喊：「『你不配跟人往來！沒有人受得了你——所以你只能住在樹林裡，孤零零一個人！』」

他突然停住，我們兩個都聽得到最後幾個字的回音。他四處張望，試著確定自己身在何方。我看得出他很難為情，於是移開目光，望向溪流。等我再回頭看他時，才發現他看起來真的好虛弱。他什麼也沒說，只比了比小屋的方向，我們默默往回走。

「我明明知道該怎麼做。」等我們在他小屋前的台階坐下，他開口了：「只要轉頭面對惡魔，他們就會離開。但我從來不敢這麼做。因為他們會說出真相。年輕又漂亮的真相。我，**就是**孤零零一個人。除了你，沒有人來找過我。」他說：「我想，你會來找我，也是因為遇上自己的惡魔了，就是當初糾纏你爸媽的惡魔，你以為早已擺脫的惡魔。」

我點點頭；他說得對。

「所以，你的惡魔說了什麼？」

這是他問過的問題裡面，最容易回答的一題：「失敗。」

「啊，失敗。」他說：「讓人感到失敗，這種事惡魔可厲害得很。失敗，**就是**地獄。不過，在我看來，成功也被高估了。」

我不曉得他這樣說是不是要安慰我。結果不是。

「大家都以為成功會自然而然轉化為幸福。只要確實得到自己想要的，就會幸福。結果真的得到了，反而陷入痛苦，像摩洛哥的猴子一樣牢騷滿腹。」

我等他解釋。

「我小時候，與家人在摩洛哥的馬拉喀什住了一年——那是個好地方，信手拈來都是故事。那裡到處都是猴子，我們想抓，但猴子動作太敏捷了。後來有位長者教我們怎麼做。你準備一個瓶子，裡面放一粒花生米。猴子過來，看到花生米，就會伸手進去抓。但這時牠的手抓著花生握成了拳頭，就會卡在瓶子裡，拔不出來。猴子太興奮，不肯放掉手中的花生，只好拖著瓶子跑來跑去，這時要抓牠就容易了。

「人在抓住成功時也一樣。這個世界到處都有成功人士，手卡在瓶子裡走來走去，納悶自己為什麼不開心。這是我們這個年代的迷思——認為成功會帶來幸福。但要是幸福的青鳥真的飛來了，牠會怎麼做？在他們頭上拉屎。這些人不明白，自己真正想要的，是你已經得到的東西——失敗。」

這句話即便出自雷尼之口，聽來還是頗牽強。

「我是認真的。」他說：「失敗是一門藝術。學會漂亮地失敗，你就會快樂得像小勞。」他頓了一下，露齒而笑：「你知道小勞吧？」

我想了想。我在愛爾蘭各地旅行時常聽到「快樂得像小勞」（Happy as Larry）這個俚語，但我不知道小勞是誰。

「就是聖勞倫斯，幸福的守護聖者。」雷尼解釋：「永遠笑臉迎人，總是笑個不停，快樂到讓羅馬人受不了。於是把他綁在木樁上，打算放火燒死。過了幾分鐘，大家聽到笑聲，回來看是怎麼回事。原來是小勞，他正燦爛地笑著。『我這一面烤好了。』他說：『最好幫我翻個面唷！』

「你說，你認識像這樣的人嗎？老是在笑，不論你什麼時候看到他，他都在笑？這種人是**真的**快樂嗎？」

我反覆思索他的問題。小勞的故事讓我想起爸爸，他一輩子都在強顏歡笑，但我知道他絕不快樂。我也想到媽媽，事情越艱難，她越是笑盈盈。她的笑透露在她的聲音中，也透露在一則又一則塞於我家電話答錄機上我都沒回覆的那堆留言中。不管她說事情有多**順利**，我都知道她**其實**並不快樂。正當我準備放棄時，突然想起一個人。

「也許……是那個……騎腳……踏車……的男孩。」

「誰啊？」

我跟雷尼說瑞奇的事。瑞奇住在我老家附近的一條死巷裡。我們都叫他「腳踏車男孩」。他有發展障礙——那時我們是稱「智障」。他總穿著一件紅毛衣，騎著腳踏車兜圈子，有時順時針，有時逆時針。我們每次開車去高速公路時，都會遇到他，他每次都會停下來朝我們揮手，臉上掛著大大的笑靨。我想他遇到誰都會揮手。我們也會向他揮手，然後他就繼續騎腳踏車。我回想起每次見到他的情景，他總是一副開心的樣子。至於他是不是**真的**開心，我也不知道。

「很好。」雷尼說：「一個穿紅毛衣、騎腳踏車、笑口常開的孩子。他究竟為什麼這麼開心？」

我不知道。

「在我看來，他就是一直騎車兜圈子，從沒想過自己應該去做什麼其他的事，或是該成為其他人。他或許不是天才，但聽起來他比許多聰明人還快樂。很多聰明人成天背負著荒謬可笑的念頭到處奔走，想著人生應該不是現在這樣。他們說：『我應該要更富有。』『我應該要揚名立萬。』『我應該要更好看。』人人都有自己的『應該』。我還認識一個傢伙，總是對自己說：『我應該要能說話。』」

外頭變冷了，所以我們進了屋裡。雷尼開始生火，但我示意要他坐下，由我排好爐子裡的木材，撕碎一張報紙，點燃火柴。

「我告訴你，最能搞砸人生的，莫過於我們的期望。老天爺是天頂的偉大說書人，我們卻常自以為比祂聰明。結果怎樣？老天爺往底下一看，看到有個傻瓜自以為看透人生，於是悄悄來到他的背後，踹他屁股。或者，以你的例子來說，踩他一腳。重重踩在大拇趾上。啪！」

我又聽不懂了。

「痛風啊。那就是老天爺叫你注意了。我也發生過同樣的事。」

「痛風？」

「不是。是我衝浪時發生的事。」

我以為我聽錯了。雷尼怎麼看都不像會衝浪的。

「那就是當初我來聖塔克魯茲的原因。」

「衝浪？」

「是啊。為了駕馭海浪。」我試著想像他站在衝浪板上的模樣，但想像不出來。

「這是早在你遇到我之前發生的事了，那時我還沒進研究所，也從沒想過以後會講故事。我是從紐澤西一路搭便車來到這裡，天天乘風破浪，夜夜狂歡作樂。

「你衝過浪嗎？」他問。

我搖搖頭。

「你該去試試。沒有比這更好玩的事了——像在水上飛行。」他搖搖頭，面露苦笑：「我當時衝得很好，不輸給海灘上的任何人。你曉得這是為什麼嗎？因為我沒在怕。我**知道**什麼都傷害不了我。天候惡劣時，其他人臨陣退縮，我照樣頂著狂風衝出去，浪高足足有五公尺呢。」他停頓了一會兒，想了想：「一天早上，我碰到自己見過最壯觀的浪。瘋狗浪，將近十公尺高，浪形完美。我上了衝浪板，準備前進，你知道結果發生什麼事嗎？」他停下來，挑了一根雪茄。我等他。

「它把我擊潰了。讓我摔個倒栽蔥，連人帶衝浪板捲進浪裡，撕扯我，最後把我重重甩在沙灘上。我差點沒命。五根脊椎骨碎裂，兩根肋骨斷掉，還有這個——」他伸出右手握住左手腕，抓起來：「手肘以下失去知覺。」

他看了看左手，笑著說：「你知道嗎，我以前是左撇子？」

「我動了四次手術，然後醫生放棄了。從一開始就無望的，不只是我的手，還有我的背。他們說我的脊椎骨看起來像一把散落的牙齒。此後，我的左腿每天都痛得跟中槍一樣。直到現在，只要我坐著超過二十分鐘，身體就會像被人拿球棒痛毆過。你知道最慘的是什麼嗎？」

「是什麼？」

「我得放棄衝浪。」他笑著說：「那幾個月，我在醫院進進出出中度過，不停問自己一個問題：為什麼？這種事為什麼會發生在我身上？」他停止踱步，回到他的椅子坐下。「呵呵，很顯然，每個人想不透的都是同一件事；我想不透我為什麼會出意外，你想不透你為什麼會失去聲音。重點正是在這裡——**人人**都想不透。所以或許我們該問的是『為什麼是我們發生這種事？』答案是：這就是人生。人生就是充滿不幸、苦難和失去，失去再失去，直到最後……什麼都不剩。」

「你……這是在……幫我……打氣？」

「我幹麼幫你打氣？我是在盡我所能地趕走獨角獸、吸乾彩虹，讓你可以面對自己的惡魔，看清楚人生是怎麼回事：人生是把我們失去的通通加起來，再除以我們從中學到的教訓。你如果沒有學到教訓，就會繼續受苦。未來已經從你指縫溜走，過去已經過去，所以你只剩眼前這一刻，此時，此地。」

「此地？」

為了回答我，他從椅子上站起來，繞著小屋走了一圈，然後舉起他能活動的那隻手，在他的身體周圍比了一個圓。「在我看來，你正置身一個故事的中心。**你自己**的故事。」

我搖頭，他聳肩回應我。

「在我聽來像一個故事。你想想吧。你已經擁有全部的元素了。主角——你本人；失去珍貴的東西——你的聲音；然後，動身展開一場冒險。其實，這個故事跟你平常講的故事只有一個差別。」

「什麼……差別？」

「你不能講啊！」他眉開眼笑：「因為你沒辦法講話啊！那你知道這個故事把你留在哪裡嗎？」

「絕路？」

他搖搖頭。「拜託你別再自憐了，好嗎？」他掐滅雪茄：「你見到的一切、你的感覺、你的迷惘——這就是故事裡面的樣貌。」

「但我是真人！」我堅持。

「正因為**這樣**，才是好故事啊。一切都說得通。二十年前，你走出我家大門，展開冒險，現在，你偉大的冒險闖到一半，又回來這裡。你還想要什麼？」

「脫身。」

「這是行不通的。要是有個角色企圖從你說的故事裡逃出去，會發生什麼事？」

我想了又想，想不出來。我故事裡的角色，沒有哪個曾企圖逃脫的。

「他們都乖乖待在故事裡面，對吧？」雷尼說：「因為如果他們不乖乖待在裡面，就會毀了故事。而這就是你的問題。過去這幾個月，你一直在做困獸之鬥，想逃離自己的故事。」他搖搖頭：「可是這樣是行不通的。你在故事裡，我也在故事裡。每個人都在一個故事裡，不管他們喜不喜歡。」

他的話讓我想起以前《星艦迷航記》的某一集情節：寇克船長率船員來到一個奇怪的星球，碰到許多來自他們內心深處的想像角色，與他們搏命戰鬥——後來才發現這個地方其實是一座星際遊樂園，是給他們找樂子的。

「好啦，你說說看，你覺得自己身在什麼樣的故事裡？」

我回想失去聲音後的那幾個月。「《約伯記》？」我開了玩笑。

他眼睛一亮：「說不定喔。」

「很慘……殘酷。」

「不，《約伯記》是很棒的故事。你知道那是整部《聖經》裡，上帝唯一發笑的地方嗎？」我不知道。「還有，英文裡只有兩個單字，改了字首的大小寫，發音就不一樣，『約伯』正是其一。」約伯（Job）——工作（job）。我想問另一個字是什麼，但他馬上接著說下去：「它也有很棒的寓意；簡單說——『人生有些事情，我們就是無法理解。』

「伊斯蘭也有同樣的課題。在《可蘭經》裡，真主引領摩西來到紅海，摩西看到一隻小麻雀俯衝而下，啣了一口海水。『你知道這裡有多少海水嗎？』真主問：『海水有多少，知識就有多少。麻雀喝下的那一口海水呢？那就是人類知識的量。』」

我離開雷尼家，回想高中生理學課看過的一部影片，講述一個男人拿到一副特殊的眼鏡，戴上之後，看到的世界就是上下顛倒、前後相反。克拉克森老師用這段影片是為了講解人腦驚人的適應力。在科學家幫男人戴上那副眼鏡時，螢幕閃過一行警語：「切勿在家嘗試！」這個人日夜戴著這副眼鏡，連續六星期。一開始他狼狽不堪，頻頻摔倒、撞到東西，甚至嘔吐。過了大約五星期，他的腦子突然能夠翻轉畫面，世界看來一切正常了。他又可以正常過日常生活，騎腳踏車、開車都不成問題。他適應得太徹底了，結果一摘掉眼鏡，世界在他看來又變得上下顛倒、前後相反了。他得再花五個星期才重新適應過來。

來找雷尼，就像戴著那副眼鏡。他說出來的每一件事情，都跟表面看來恰恰相反；左變成右，上變成下。我發生的一切壞事——原來都是好事。要找一個問題的答案，就得停止尋找，而我之所以看不見答案，是因為它近在眼前。

上下顛倒看東西已經夠奇怪了，前後相反更是可怕。拜訪雷尼後，我發現自己的未來已經跑到身後，過去突然站到前頭，而且越來越靠近，越來越靠近。

長久以來，我一直像挖礦一般，從自己的過去挖掘故事，但現在浮現腦海的，是我之前努力遺忘的故事。我又看到爸爸的身影了，這次他沒在笑。那是一個炎熱的夜晚，我醒來後無法再入睡，起身去廚房找水喝，但看到爸爸時，我停住腳步，他駝背的身子正趴在美耐板餐桌上，組裝一個塞滿電子零件的黑色盒子，拿紙膠帶固定——這是他投入多年心血的發明。我在門口看著他伸手拿一把小螺絲起子，但他長滿結節的手指抓不住。他試了又試，有一次差一點點就可以抓起來了，但又滑掉，而且掉到地上。這一次，他把頭埋進雙手裡。我不想看到他的眼淚，所以不發一語，悄悄回到床上。

我還聽到祖母的聲音了，聽到她尖聲大叫的回音，還有那一長串咒罵我媽的意第緒語。我想把她的身影推出腦海，但辦不到。她回來，叫得更大聲，跟我小時候聽到的一樣可怕。我想起雷尼的建議：面對惡魔。所以我沒有退縮，轉身面對她，直直望進她深邃的眼眸。當我再轉一次身時，這次看到我媽嚇到目瞪口呆的臉龐。過了一會兒，我看見媽媽的手伸向自己的助聽器，把它關掉。她臉上的驚恐消退了，換上勉強的微笑。這抹微笑，是我最難直視的。

就我的記憶，那部戴眼鏡男人的影片完全沒有提到眼鏡對他家人的影響。但我相信他們一定不好過。我知道我的家人也不好過；他們不知道該如何看待我的情緒擺盪：平常鬱鬱寡歡，偶爾欣喜若狂，瞬間又跌到谷底。我也不知如何解釋自己是怎麼回事，因為我也不明白。

塔莉開始放下我，繼續往前走了。她不再一味地擔心健康，而是更積極採取行動：注重飲食、經常運動。她感覺起來很棒，看起來也充滿活力，但好像與我漸行漸遠；我們就像走在兩條平行的軌道上，而她遙遙領先。這種距離感在入夜後尤其明顯。以前，就算激烈爭執，我們依然能床頭吵、床尾和。但現在我們同床異夢，氣氛凝重。我想不出什麼樣的言語可以重新搭建我們之間的橋梁——更別說用講的了。

看來我的一生已成了一連串我無法訴說的魔咒。這當中包括雷尼提到的那一個字，我必須不去想才可能解開的謎底。偏偏我老是在想。

「放輕鬆。」一見我沮喪，雷尼會這樣回應：「混濁的水遲早會沉澱。到時，看著水裡的時候，你知道會看到什麼嗎？」

我等他說。

「徵兆和奇蹟啊，朋友。你會看到徵兆和奇蹟。」

這正是我幾天後看到的事。那天，塔莉出門上班，孩子去上學，雨已經停了，所以四周悄然無聲。我靜靜坐在書房裡，試著不去思考問題的答案，清空腦袋裡的一切思緒，什麼也不要想，讓自己的心靜如止水。**給我一個徵兆吧**。

就在這時，電鑽聲響起。一開始宛如雷鳴，我能感覺到地板和牆上的畫都在震動。停了一會兒，又開始。

幾個月前，一對夫婦買下我家斜對面的屋子：它曾是一棟漂亮的老建築，後來成了大約三十隻貓的窩。他們計畫要大舉翻修，等雨季過去就會動工。

噪音成了持續的折磨來源，從早到晚不定時響起。當我以為它已經結束，準備低聲跟塔莉或孩子說些什麼時，它好像專挑這種時候又開始吵了。有時，傳來的不是鑽地聲，而是圓鋸或釘槍的聲音。

我不願認輸，試圖扯嗓想壓過它。

「蜜凱拉……按喇叭！拜託妳……按喇叭！」

「什麼？」蜜凱拉會回答：「我聽不見你說什麼。大聲一點！」

我就這樣試了兩個禮拜。然後有一天早上，就在請以利亞把麥片遞給我時，事情發生了。我不想再吼得比噪音大聲。事實上，我一整天都不想再開口說話。即便到了晚上，大家都上床睡覺，剩我獨自一人，不再有工程噪音時，我也不想說話了。我，放棄了。

就在這時我才恍然大悟，從手術之後，七個月以來，我日日夜夜，時時刻刻都在強迫自己的嘴巴發出聲音，始終沒有成功。雖然我理智上明白自己不能說話，身體卻拒絕相信，直到這一刻。

突然間，我覺得自由了，輕盈了。這就像我小時候做過的實驗：我會站在門口，伸出兩隻手臂用力向兩旁抵住門框，數到三十，然後，我退後一步，鬆開雙手，頓時覺得手臂輕飄飄起來，像繫著汽球冉冉升空。

那一刻的寂靜，就給我這種感受。我想起另一個禪宗的故事。

＊＊＊

**兩個僧人在暴雨後散步。他們看到一個年輕漂亮、身穿精美和服的女子站在溪流旁，她無法過溪。年輕的僧人見狀就過去背她到對岸。**

**然後兩個僧人繼續上路，但年長的僧人怒不可遏。他一路不發一語，抵達寺院時，忍不住回頭斥責年輕僧人。**

**「你怎麼可以做這種事？」年長僧人咆哮道：「你明明知道出家人要守戒，不得近女色啊！」**

**年輕僧人微笑說：「你是說那個穿和服的女人嗎？我幾個鐘頭以前就把她放下了。你怎麼還背著她呢？」**

＊＊＊

我的聲音已經失去作用，我拖著它走了太久，久到忘記自己一直拖著它。那天下午，我放下了。

就在我放下的那一瞬間，有事情發生了。別人的聲音聽起來不一樣了。我這輩子好愛人類說話的聲音。但從在醫院的那天早上開始，每一個聲音都經過嫉妒的過濾，傳入我的耳中：說話的人都擁有我沒有的東西，我好渴望它，勝過我曾經渴望過的任何事物。現在這個濾網消失了，我又再一次能夠欣賞周遭聲音的美好。蜜凱拉的聲音稚嫩可愛，以利亞的聲音洋溢著不屈不撓的認真。我還聽到塔莉聲音裡流淌的旋律，就算她不是在唱歌。周圍每一個聲音都有值得留心之處：郵差朗恩有略帶沙啞、慢條斯理的中西部口音，蜜凱拉的托兒所老師金潔講的每一句話，都流露著溫暖和率真。

這一切，我突然都能遠遠地聽見了，就像未曾想當舞者的人也可能欣賞芭蕾，或是本身不打籃球的人也懂得欣賞球員精湛的球技。對他們來說，說話是自然不過的事，對我曾經也是如此。但那扇門關上了，而就像我媽說的，一扇門關了，一扇窗就開了。那一扇窗開向寂靜的世界，一個我長久以來忽略的世界。

我想起讀過的一篇文章提到，一名音訊工程師帶著他的錄音機走遍世界，尋找世上最安靜的地方，想錄下完全的靜謐。當時我認為這一點意義也沒有——就算他找到了，也只是帶著一卷空白錄音帶回家。現在回想他的故事，卻覺得他的計畫饒富深意。它的奧妙在於這個事實：真正的寂靜——絕對、完全的寂靜——並不存在。我們只能剝去這個世界一層又一層的喧囂，暴露出底下較寧靜的聲響。這篇文章說，慢慢的，我們或許就能聽到最寂靜的聲音——地下伏流的流動、蟲子啃樹葉，或是一條小魚吐出水珠擊落一隻小飛蟲的聲音。

我也像這個音訊工程師一樣，有機會就出發尋找寂靜。夜晚，我大多埋首寫作，白天一有時間，就出門尋覓我所能找到最安靜的地方，騎著腳踏車進入柏克萊後方的山丘，找個隱蔽的地方。我會坐在那裡，閉上雙眼，看看能否什麼都聽不見。

故事起源：波蘭猶太人

# 海烏姆的智慧

隱身波蘭的群山之中，在首都華沙到丘特森的路上，有一個名叫海烏姆的小村落。

海烏姆的村民是世上最笨的傻瓜，但他們自己不這麼認為。他們自認是天底下最聰明的人，村裡的長老更是睿智中的睿智。

海烏姆的村民天天都在思索生命的大哉問，例如：「太陽重要還是月亮重要？」像這樣的問題可能會使全村壁壘分明好幾個禮拜，直到長老受理問題。長老們會捻著鬍鬚、皺著眉頭，仔細思量良久，最終把問題交給最睿智的長老海揚克定奪，而他判定：太陽的確重要，但月亮更重要，因為它會在黑夜裡，我們最需要光亮的時候發光。

同樣的，有一次村裡發生悲劇，也是海揚克的智慧安慰了全村。有天晚上村裡失火，火勢凶猛，村民徹夜救火才把大火撲滅。早上，村民紛紛痛罵火災，唯有海揚克獨排眾議。

「失火是福氣！」他說：「因為它給我們光！沒有光，我們要怎麼摸黑去滅火呢？」

要到海烏姆不容易，因為這一路上有重重險阻。要找到海烏姆，你必須先迷路。你挑風和日麗的日子從華沙出發，路上會突然狂風大作——暴風雪來襲。白晝瞬間變成黑夜，你在雪中舉步維艱，直到再也分不清東南西北。就在這時，你要向左轉，一直走、一直走，走到看見一個人在街燈下鏟雪。

「你有東西掉了嗎？」你問。

「是啊，我的鑰匙搞丟了。」

所以你彎下腰幫他找，遍尋不著。

「你到底是把鑰匙掉在哪裡了？」最後你問。

「在街道那一頭，教堂前面。」

「那你為什麼在這裡找？」

「這裡的光線比較亮啊。」

只要分不清究竟是聰明還是愚蠢的那一刻，你就知道自己已經來到海鳥姆了。

# 8 海烏姆的智慧

「噢，我懂了。」雷尼最後說：「沉默是金。」

我站在他家門廊大概五分鐘，卻好像足足過了一小時，聽他問我一個又一個問題，等我開口。但我什麼都沒說，也不想說。我雖然很想表達自己學到的東西，但用言語說明似乎毫無意義。

他也不再回話，比了比要我進去，坐在爐火前。過了很久，他才又開口。

「大家都以為說故事的重點就是講話，但其實不是。說故事的重點是靜默，並賦予這種靜默形狀。靜默是我們的畫布，是我們用來形塑世界的黏土，是我們不斷鑿刻的大理石。我們要怎麼鑿刻呢？用我們的話語！我們在靜默中開始一個故事，靜默越純粹越好。當我們停頓下來——」他在此停頓很久。「我們就能看見、甚至真正觸摸到，自己塑造的靜默形狀。裘爾，如果你已經來到靜默這一步，就走完一半了。」

聽到這裡，我仍然什麼也沒說，享受他難得的稱讚。

我們坐下來，他繼續說：「你知道嗎？我一直在想你到底身在哪個故事。這當然很難說得準，因為故事一直在變——就像你手上的掌紋。這是因為老天爺在上頭不斷更改情節，增添細節。正當你以為自己想清楚了，前方又出現大轉彎。此時此刻，我懷疑你是不是來到海烏姆了。你知道海烏姆吧？那個波蘭的猶太傻子村？」

我當然知道。它是我媽好多次話到嘴邊又吞回去的故事。之後我聽過好幾個版本，也在演出時說過數十遍。但一聽到雷尼講「波蘭的」，我忽然想起一件事。我拿出筆，寫在一小張紙上：

「波蘭的（Polish）——磨光（polish）。」

「很好。」他說：「波蘭的，磨光，約伯，工作。看到沒？謎題最終會自己解開。一旦謎底揭曉，我們就必須去找新的謎題。因為如果我們不找，就有變聰明的危險，像海烏姆傻瓜那樣的聰明，在街燈底下尋找自己弄丟的東西，只因那邊的光比較亮。他們的蠢不在於他們做了什麼事，而在於他們自以為聰明。」

他望向遠方。過了很久才回頭看我。

「我有跟你說過珠兒的事嗎？」

我搖搖頭。

「是吧，我就記得沒有。」他嘆了口氣：「她是『不完美的女人』。你一定知道這個故事。」我不知道。「是關於穆拉．納斯魯丁的故事。」

我往後一靠，開始期待了；我一直很喜歡蘇菲教派這位神祕人物的故事。頭越來越禿的他，正是集幽默智者和愚者於一身。

＊＊＊

**常有人請納斯魯丁在婚禮上給新人忠告。後來有個弟子問他為何終身不娶。**

**「啊！」他解釋：「我之前決定，要找到完美的女子才結婚。我尋覓多年，遇到許多和善、美麗、聰穎的女子。但沒有一個十全十美。每一個女子都有些小小的缺陷。」**

**「後來有一天，」納斯魯丁說：「我見到她了，一見就知道非她莫屬。我心裡毫無疑問。她各方面都完美無瑕。當然，在我有幸認識她之後，我發現她的確是無瑕的寶玉。」**

**「那你為什麼沒有娶她？」弟子問。**

**納斯魯丁嘆口氣：「只有一個問題。」**

**「你找到她的缺點了？」**

納斯魯丁搖搖頭：「不是，原因很簡單——她在找完美的男人。」

* * *

雷尼搖搖頭。「珠兒啊。」他又嘆了口氣：「不管怎麼看都不完美。我尋覓多年才找到她——不想再像第一次婚姻那樣搞砸了。那真是一場災難。但遇見珠兒不到一個鐘頭，我就知道她是我要找的人。從她的臉看得出來，從我的靈魂深處也感受得到。命中注定。而且你知道結果怎麼樣嗎？」

我等他繼續。

「我們結婚了。她成了我第二任妻子。她是跳爵士舞的舞者，從紐西蘭來的。她的人生就是音樂，每一次呼吸都是音樂。我們去斐濟度蜜月，在星空下喝芒果汁。」他停頓了一會兒，臉上浮現如夢似幻的神情。

「我們回到這裡，買了這間小屋，攜手共創人生。」他搖搖頭：「說多快樂就有多快樂。你知道嗎？人生在世，只有愛上一個人後，才會知道自己曾經有多孤單。」

他費了一番工夫才從椅子站起來，走進臥房，拿著一張銀框相片回來，遞給我。珠兒眼睛明亮，有一頭褐色鬈髮。

「很美，對不對？」我點點頭。「可是我們結婚才一個月，她就確診卵巢癌，五個月後就過世了。我跟她在一起，前前後後加起來只有十個月。」他停了好一會兒，而我看到了淚光。

「但這十個月——是我這輩子得到最棒的禮物。這十個月的日子，一天過得比一天甜蜜。甜蜜——但不容易。宛如人間煉獄。看醫生、動手術、做化療、吃一堆藥。她越來越憔悴，頭髮掉光了——但好美。她越來越美，一天比一天更美，直到最後一刻。我那六個月活過的人生，比這輩子其他時間加起來還多。」他撇過頭去，好一會兒才又開口：「與死亡並肩同行，最能活得刻骨銘心。」

那天下午我離開雷尼時，心中驚訝不已：故事竟可如此天差地遠。有些故事逗我們笑，有些故事惹我們哭。床邊故事哄我們入睡，禪宗故事卻以莫名奇妙、似非而是的轉折，給我們當頭棒喝。其他很多故事也是如此，趁我們不備時，躡手躡腳地接近。雷尼的最後一個故事開啟了我內心的一扇窗。我從離開他的那一刻就發現這件事；世界似乎靠得更近了。開車回家時，屋子映入眼簾，垃圾還在門口等待清運——沒什麼真的改變，但我發現自己看得更清晰了。沒有比較好，沒有比較糟，就是散發著現實的光澤。

珠兒的故事也駐留在我內心深處，而且在接下來幾星期一再浮現，特別是夜裡。我發現自己反覆思索死亡的事——不只是長久縈繞心頭的爸爸的死，還有我自己的死：拜切除腫瘤所賜，暫時避開的死亡。我恍然明白：這段日子我所有心思都集中在自己的聲音，一心希望它回來，卻未曾真正體會，自己曾經離死亡這麼近。

一天凌晨，我天沒亮就醒了，一如往常去看看孩子。以利亞睡得很熟。在他的小夜燈照映下，我注視他良久，然後看了看散落房間各處的旗子。他最近開始打造虛構的國家給自己的豆豆娃居住，並為這些國家設計國旗，用木筷和塔莉剪碎的白床單製作。它們都放在一個籃子裡，而我在籃子裡翻找，終於找到我要找的。那是一面以利亞還沒塗顏色的旗子，我拿來借用一下。我坐在地上，盤起腿，揮舞白旗。

沒多久蜜凱拉就醒了，揉揉眼睛，爬下床，向我走過來，坐在我腿上。她什麼也沒說，只是看著那面旗子，然後抬頭看著我，兩手扶著我的膝蓋，我頓時覺得，自己是全天下最幸運的人。

隔天早上，我煎鬆餅給孩子當早餐——我已經愛上這項專屬父親的活動了。腦海響起音樂劇《奧克拉荷馬！》裡的〈噢，好美的早晨〉，雖然我沒辦法唱，但可以哼。那天早上我成了快餐廚師，讓孩子點他們要什麼樣的鬆餅。

「我的上面要有個E。」以利亞說。

「那我要M。」蜜凱拉說。

我在製作他們的鬆餅時，抬頭望著他們，突然有股奇妙的感覺油然而生，我無法形容的感覺。那是什麼呢？

「這是M還是E啊？」蜜凱拉問。

「看妳是從這邊看，還是那邊看啊？」以利亞回答：「可是，這個是什麼啊？」

他指著一塊我已經煎好的大鬆餅，跟盤子一樣大，上面都是洞。

我站到他們兩個中間，把他們摟過來，輕聲說：「這是……星星……的地圖。」

喜悅在他們臉上蔓延開來，就在這時，我恍然大悟。難怪我一時認不出來；好久沒有這種感覺了。

我很幸福。

故事起源：波蘭猶太人

# 深埋的寶藏

很久以前，在波蘭的克拉科夫城，住著一位貧窮的猶太裁縫師，名叫雅科夫．班．葉克爾。他賣力工作，卻似乎永遠賺不到足夠的錢來餵飽妻兒。他無計可施，只好到聖殿祈求奇蹟。

同一天晚上，他做了一場奇妙的夢。在夢中，他來到遙遠的布拉格——他從來沒去過那裡，但現在不僅看得清清楚楚，穿梭街道時甚至感覺到微風輕拂。他肩上扛著一把鏟子走啊走，最後來到一塊土地，然後在一個地方開始挖洞。就在這時，他聽到一個宏亮的聲音呼喚他：「雅科夫．班．葉克爾——快去布拉格！那裡有東西等著你！」

他一再重複做同樣的夢，一次比一次更鮮明。最後，他明白自己非去布拉格不可。

他走了好幾個星期，歷經風霜雨雪才走到布拉格，一到那裡，眼前的景象令他驚詫不已。現實的布拉格城竟然跟他夢裡一模一樣。他穿過一條又一條街道，終於來到自己夢裡看到的地點——於是他開始挖掘。

突然，他感覺有人按住他的肩膀。

「你在做什麼？」有人怒氣沖沖地說。一名衛兵赫然站在雅科夫旁邊。雅科夫從沒見過這麼魁梧的彪形大漢，嚇壞了。不知該說什麼，雅科夫只好實話實說。

「我在這裡挖東西……是因為我做了一個夢——」

「哈！」衛兵大笑。「夢？」他賞了雅科夫一巴掌：「你看起來就是成天作白日夢的人，瘦巴巴、弱不禁風！傻瓜才會相信夢，你就是！」衛兵說：「不過經你這麼一提，我想到昨天晚上也做了一場夢。我聽到一個聲音對我說：『嘿，伊凡，快去克拉科夫鎮啊，鎮上有個叫揚克爾還是葉克爾的裁縫師，你去他破舊不堪的小屋子裡，就會在火爐底下挖到寶藏。』真是亂七八糟的夢啊——但你看到我真的跑去克拉科夫了嗎？沒有嘛，只有傻瓜才會相信夢啦！」

說完，衛兵就把他趕出布拉格，於是雅科夫展開漫長的回家之路。幾星期後回到家，他先親吻、擁抱了妻兒，然後直接走向火爐。他把爐子挪到一邊，開始挖掘。他挖了好幾個小時，結果只挖到土。最後，他筋疲力盡，累到睡著了。

他睡覺的時候，孩子在他挖出的洞裡玩耍，越挖越深，最後小女兒挖到一個好像舊湯鍋的東西。她和哥哥姊姊合力把它拉出來，抬給雅科夫。雅科夫把它撬開來，發現裡面竟裝滿古代的金幣銀幣——一大筆財富，足以撫養一家人、整修屋舍，甚至做他一直想做的事——救濟窮人。

從此他過著豐衣足食的生活，直到年老，他發現自己只剩一枚錢幣。他決定把它送給一個乞丐。

「謝謝你。」乞丐說：「雅科夫，我有一句四個字的忠告要給你。」

「忠告？」雅科夫問。

「是的。」乞丐說：「挖深一點。」

於是雅科夫回到家中，在火爐底下找到多年前挖的洞，又開始挖掘。這一次他找到一個箱子。箱子雖小，但他打開後只見裡面塞滿鑽石和珍珠瑪瑙——這是他從未想像過的巨大寶藏。

這次他甚至有夠多錢在兩條路的交會口蓋一間小書院。傳說這間書院至今仍屹立在那裡，供來往旅人駐足休息，思考自己是從哪裡來，要往哪裡去。當你看到一面牆，牆上寫著這行金色的字，就知道你抵達那裡了：「有時你必須跟著夢想走很遠很遠，才能找到最貼近內心的東西。」

# 9 深埋的寶藏

這天，一來到雷尼的小屋，我就感覺不太對勁。太安靜了。我敲門時，太陽剛下山。沒有人回應，所以我又敲了幾下。最後我推門而入。

一片漆黑之中，我可以看到那些書堆一如以往，等到我的眼睛適應明暗後，我看見雷尼坐在他的椅子上，茫然望著前方。

「雷尼？」我叫他。沒有反應。

屋子裡的氣味如昔——霉味、老舊的味道、雪茄的煙味，但還有一個味道。威士忌。果然，他腳邊有一瓶「老烏鴉」倒在地上。我專心聆聽了一會兒；他的呼吸沉重且緩慢。我看著他的雙眼——睜得很大，但空洞無神。

我拿起瓶子，進廚房把剩下的酒倒入水槽。垃圾桶滿出來了，所以我把垃圾壓一壓，心想也許等一下幫他拿出去。

「雷尼？」我在他耳邊輕喚。沒有反應。我不知道該怎麼辦。我站到他面前，進入他的視線——還是沒有反應。

從他的眼神看來，他恍惚出神，落入某個黑暗的境地了。

我又等了十分鐘。最後，我明白自己什麼都不能做，於是轉身往門口走。

「你告訴我。」我聽到他說。

我回頭看他。他一動不動。我看著他，等著。過了很久，他總算把頭轉向我，開口說話。

「你告訴我。」他的聲音聽起來好遙遠：「黑夜何時才會終止？」他停頓很久，似乎在咀嚼什麼。

「這是弟子請教拉比的問題。」他流露悲切，幾乎像在哀求。他轉過來望著我，但視線似乎無法聚焦。

＊＊＊

**「看見晨星閃耀，黑夜就終止了嗎？」一個弟子問。**

**「不是。」拉比說：「時候未到。」**

**「是你看得見掌心所有紋路的時候嗎？」**

**「不是，時候仍未到。」拉比說。**

**「那是什麼時候呢？」弟子們問。**

**「當你看著鄰人的臉，發現那是自己的臉。這時，漫長的黑夜才算結束。」**

＊＊＊

接下來幾天我都在想，自己可以幫上雷尼什麼忙。雖然這件事我沒有親身經歷過，但我知道阻止一個又開始酗酒的酒鬼，就像與風對抗。我連他清醒時都拿他沒轍了，更何況是他喝醉的時候？我該怎麼辦？

我不只覺得憂心，也感到內疚。我想起從一個朋友那裡聽來的故事。他曾在密克羅尼西亞的波納佩島工作，當地人堅稱這個故事是真的：有個男孩天生健步如飛，是全校跑得最快的。但他出了嚴重的車禍，導致半身不遂；醫生說他的腿這輩子不可能復原了。

一天，他躺在醫院裡時，來了一個年邁體衰的老婆婆。「神啊！」她大叫。「太不公平了！他還這麼年輕力壯，祢就這樣奪走他的腿，何不拿我的代替呢？」

據我朋友說，此後老婆婆就不能走路了，但男孩日後成為島上有史以來最偉大的賽跑選手。這個故事，在我思索能為雷尼做些什麼時浮現腦海。我們之間似乎交換了什麼；他帶走我的痛苦，還把他深藏的喜悅給了我。

幾天後，我仍在思索自己該做些什麼，這時接到一通電話，對方自稱是醫生。

「麻煩請班・伊齊先生聽電話。」他說。聲音上了年紀且粗啞。

「我就是。」

對方停頓很久，我知道他搞糊塗了。「不好意思，我要找班・伊齊**先生**，請問妳先生在嗎？」

我試著擠出自己最低沉、最響亮的聲音小聲地說：「我就是……班……伊齊……先生。」

他清清喉嚨，繼續說：「好，事情是這樣的，恐怕有個不太好的消息要通知你。」現在換我搞糊塗了。我好幾個月沒看醫生了。他有什麼壞消息要通知我？

「是這樣的，她的檢驗報告出來了，證實了我們擔心的事情。恐怕是癌症。末期移轉性肺癌。」

「誰？」

「咦，當然是你母親啊。她要我們一拿到手術結果就打電話給你。」

「手術？」

「今天早上呀。你不知道嗎？沒有人告訴你嗎？」

我呆住了，只能等他繼續。

「啊，抱歉。一定有作業疏失。應該要有社工先打電話給你才對。」他深吸一口氣：「你母親昨天呼吸困難進了醫院，她說感冒一個多月都沒好。我們原本以為可能是支氣管炎，結果是肺塌陷。我們照了X光，但沒有具體結論，所以今天早上我們動了手術，只是探查性手術。不瞞你說，我不必看檢驗結果都心裡有數。情況看起來不大好。我擔心她的時日不多了。」

我不敢相信耳朵聽到的話。我想到媽媽在我家答錄機的留言。她聽起來的確像感冒了。她沒有訴苦——她不會訴苦的——但我明明能在她告訴我一切安好的聲音中聽出不對勁的。在恍惚中，我記下資訊——那家南加州醫院的地址、電話等等。

「還有……多久？」這句話好難啟齒。

「你最好馬上來一趟。」

有一個禪宗的故事時常縈繞我的心頭。

***

有位大師會用一種非常特別的方式來表明他提出了一個論點。每當他說完話後會揚起手，食指微彎，然後說：「啊哈！」

這個手勢成了他的招牌動作，其他僧人從沒想過要這麼比。不過，一名弟子看了這個手勢太多次，竟模仿起來。當然他不會在大師面前模仿，但和其他弟子討論時，每當提出一個論點，他就會揚起手，彎起食指，發出怪聲怪調：「啊哈！」

一天，大師在講堂上點名他回答一個問題。他答得出來，竟得意忘形，說完就放肆地舉起手，翹起食指說：「啊哈！」

全班被他的膽大妄為嚇了一跳，不知大師會作何反應。大師只叫他再答一遍，他很高興地說了，說完也不忘翹起食指：「啊哈！」這一次，大師一把抓住他的手腕，按在桌上，從背後抽來一把剃刀，當場剃掉他的食指。弟子痛得大叫，拔腿就跑，鮮血四濺。但在他跑到門口時，大師叫住他。

「還有一件事——」大師說。

「什麼事？」弟子哀嚎。

**大師微微一笑，揚起手，食指微彎：「啊哈！」**

＊＊＊

我沒有跟人說過這個故事；從我聽到它的那一刻，就努力不去回想。但當飛機開始下降，準備降落洛杉磯國際機場時，這個故事卻一再湧上心頭。這，就是上天安排事情的方式。正當你自以為對生命有所領悟——砰！緊接著，片刻之後：「啊哈！」

我努力把這個故事，連同我的憤怒一起拋諸腦後——畢竟飛機上不是適合對上天發火的地方。所以我遷怒空服員，怪他們的服務自以為是，捲餅難吃，但這一點幫助也沒有。我氣自己。氣自己許久沒跟媽媽聯絡。氣自己生病，氣自己的聲音不管用。

我的下面是綿延無盡的大都會。快到機場時，我看到好幾座偌大的停車場，八成停了上萬輛車。也看到高速公路，到處都是高速公路，四通八達的路上只見車流在星期五下午停滯不前。褐色的空氣裡，我看見密密麻麻的棋盤式街道，方方正正的住宅街區，無盡延伸，直到消失在霧霾中。飛機降落時，我發現自己又做出每一次飛抵洛杉磯都會做的舉動——盡我所能地屏住呼吸。

我不願去想自己要去的地方與要做的事。我反覆回想起前一天的情景。掛掉那通電話後，就似乎開始出現種種與死有關的奇怪巧合，包括以利亞和蜜凱拉跑過來告訴我，他們在門廊上看到一隻鳥的屍體。

「我們得埋葬牠。」以利亞說。我找到一個鞋盒，兩個孩子拿彩色美術紙把它裝飾成棺材。以利亞在盒上小心翼翼寫下「小鳥」，蜜凱拉則貼了好幾張蝴蝶圖案的貼紙。我趁我們把小鳥埋在院子角落時，盡可能向他們解釋，葛萊蒂絲奶奶快要死了，他們很快就會參加真正的葬禮了。

塔莉回到家的時候，我們正在為那隻鳥祈禱。讓孩子回去玩耍後，我跟她說我媽的事。她起初大吃一驚，然後開始丟出一連串問題：「他們有沒有試過……」「要不要……」——我全都答不出來。

那天晚上，我在房間裡拿換洗衣物，扔進行李箱。塔莉走進來，坐在床邊。她比了比，也要我去床邊坐下，但我沒有；我太生氣了。她只好坐在那裡，靜靜看著我。

「所以，你打算怎麼做？」她終於開口。

我聳聳肩，繼續打包。

「裘爾，這很重要。這就是人生啊。」

「爛死了。」我低聲說，把我找到的內衣收進行李箱，開始找襪子。

「是沒錯，但這就是人生。是你的人生。而且很重要。」

「爛死了。」我又說一遍。

「沒錯，是很爛。但你這樣改變不了什麼。你有工作要做。」

「Sucks！爛死。」

「在最下面的抽屜，左邊。」我沒聽懂她的意思，所以我打開抽屜看了，那裡有半打襪子（socks），捲成球狀。

「裘爾，上天給了你機會。這是很少人能得到的機會，而且是少之又少的人能抓住的。」

我知道塔莉在說什麼。就在我們剛開始交往不久，她的媽媽就過世了。也是因為肺癌。塔莉的媽媽臨終前，她搭飛機過去陪伴。一到醫院，她的媽媽就轉頭跟她說：「我們得聊聊。」

「現在嗎？」塔莉問。

「等一會兒好了。」十五分鐘後，她的媽媽就陷入昏迷，再也沒有醒過來。

我看得出塔莉想起這段往事。「裘爾。」她最後開口：「你得說再見。」

我從抽屜抓了幾球襪子，然後來到她的耳邊，低聲說：「說再見？……我這樣……要……怎麼……」

「裘爾，你沒聽懂我的意思。你不能再自哀自憐了。你得跟你媽說再見。她也需要跟你道別。」

「可是……我要怎……」

「我不知道。但我相信你。你見到她的時候，就把你想說的通通說出來吧。別等下次。因為隨時都可能是最後一次。」

洛杉磯國際機場永遠這麼擁擠。我排隊等候租車時，還在想待會見到媽媽時該怎麼做。我試著讓腦海浮現她的模樣，想到我放在壁爐架上的一張照片。那是她七十歲生日那天，我跟她的合照，她穿著那件紅橙相間的晚禮服，幸福洋溢。但現在這感覺起來好遙遠。我想到她看我表演時的愉悅，有好多次，在好多地方。我們怎會變得如此疏遠？我提醒自己，是她把我帶來這個世界的。現在我卻要來這裡帶她離開。

我好不容易拿到我的車子，開上高速公路，車流像糖蜜一樣黏糊糊的。悲傷的回憶也黏糊糊地串連起來，我不由得想起爸爸的死。在醫院放棄治療後，他被安置在安養院。有一次我去探望他，社工認出我，問我願不願意在那裡說故事。我答應了，但那次演出真是一場災難。台下，坐在輪椅上的患者，比手畫腳，語無倫次地喃喃自語。我才開始講第一個故事，一位面對後方的女士就尖叫要找護理師。於是大夥兒跟著大呼小叫，故事還沒說完，我的觀眾已經少了一半。但我爸仍在最前排，在輪椅上弓著身子，努力伸長脖子看我，一副津津有味。那是他在世時我最後一次見到他，也是最接近能親口跟他說再見的一次。

車流打結，我的心卻翻騰不已，回到前一次見到媽媽健康的時候——為慶祝她七十大壽，我在聖殿辦了一場慈善義演，也是在那裡拍下那張合照。以利亞和蜜凱拉分別坐在她的左右兩邊，她容光煥發，想必心情愉快。那正是我想看到的——她的開懷大笑，她的會心微笑。我想到前一天電子郵件收到的笑話。

＊＊＊

**有個英國猶太人獲女王冊封為爵士。女王拿寶劍敲他的肩膀，喚他柯恩爵士時，他應該要說一句古拉丁文作回應。但當那一刻來臨，他一時忘記那些拉丁文。他一陣慌亂，只好用希伯來文講出腦袋唯一想得到的話，逾越節《四大問》的第一問：「這**

一晚為什麼與其他夜晚不同？」

女王看著他，不明所以，接著問：「這位爵爺怎麼跟其他爵爺不太一樣？」[1]

＊＊＊

我彷彿聽見媽媽的笑聲。這是媽媽會喜歡的那種笑話。時機也對了；逾越節是她最喜歡的節日，距今不過兩星期。我不知道她能不能撐到那一天。

一恍神，我錯過了該下去的交流道出口。我很挫折，但是同時也鬆了一口氣。我還沒準備好，因為除了笑話，我不知道還能跟媽媽講什麼，偏偏我現在笑話也說不出口了。我想到起碼應該戴上那頂帽子，隨後立刻想起它早就付之一炬了。我想到雷尼——他會怎麼說呢？我可以想像他微笑地說：「裘爾，你又得到一份禮物了，你真走運啊。」

1 編注：逾越節《四大問》的第一問是：Why is this night different from all other nights?（這一晚為什麼與其他夜晚不同？），而女王問的是：「Why is this knight different from all other knights?」（這位爵爺怎麼跟其他爵爺不太一樣？）這個笑話的笑點在「knight」（爵爺）與「night」（夜晚）的發音一樣。

禮物，這讓我想到自己什麼都沒帶，連花也沒有。我在下一個出口離開，回頭往醫院前進的途中，看到一家大型購物中心。我好不容易找到停車位，進去走了一圈，發現裡面應有盡有，就是沒賣花——起碼沒賣真的花。有塑膠玫瑰、塑膠雛菊、塑膠菊花——帶這些，我覺得還不如兩手空空。然後，就在我準備離開時，我看到一個或許有用的東西——一個磁性手寫板：你寫字上去，拉一下滑桿，字就消失了。板子做成粉色和紫色，頂端有小美人魚的圖案。我就是需要這個好工具來寫下我媽聽不見的話——以往我跟她當面對話時都會這麼做。

我忘了把車停在哪裡，花了好些時間才找到，重新上路，這才發現原來醫院就在購物中心正對面。我開車過馬路，停好車，抬頭仰望醫院，找到四樓，猜想哪一間是四一三號房。我忐忑地走進大樓，熟悉的醫院氣味撲鼻。搭電梯上樓途中，我不自覺想了十幾個我寧可現在置身的地方，十幾件我寧可正在做的事。

我找到門，從門上的小玻璃窗偷看。媽媽看來半睡半醒，兩隻手臂插滿管子，頭髮凌亂沒整理——看來糟透了。她穿著黃色的長衣，不是醫院常見的那種藍色或綠色病人服。選用黃色很可能是為了讓空間明亮活潑一點，但我感覺不到一絲明亮活潑，只感覺到一種無可避免的陰鬱。

我輕輕推門而入，站在她身旁，凝望她好幾分鐘。「這是我媽。」我反覆想這句話，彷彿在提醒自己。「我再也見不到她健康的模樣了。」我輕輕吻了她的額頭。

她睜開眼。她看到我，臉色明顯一亮。「哈囉帥哥，近來可好？」她虛弱地說。她常這樣跟我打招呼。見我沒有回答，她又追加一句：「你好嗎？」

她的臉上洋溢著我熟悉的神情：希望與期待。從我有記憶開始，她就一直用這種神情看我。意思是，跟我分享幾件好事，讓我的日子亮起來。我沒有回答，只聳聳肩，歪一下頭，表示「不太好」。我指一指她，彷彿在說：「那妳呢？」

「我嗎？」她回以微笑：「我很好呀。」就連我媽也無法把這四個字講得很有說服力。「好啦，其實沒很好。」

我等她繼續。

「其實不太好。我得了末期移轉性肺癌。」她講得超清楚，彷彿是要聽聽看自己喜不喜歡這段話似的。她不喜歡，所以改講比較討喜的事。「昨天早上，開刀前，他們帶我去看腫瘤科醫生。一個年輕女生，人真好。好有耐心。而且話講得超清楚。她的診間裝飾得好美，好有藝術氣息，都用我好愛的顏色。秋天的顏色。」

嗯，這就是我媽——全天下恐怕只有她會在看完腫瘤科醫生回來後，興奮地分享診間有多漂亮。我等她繼續說。她嘆了口氣。

「他們有很多方法可以試試看，像是化療、放療，但這些都沒用了。擴散得太快，太多地方了。」這和我聽過一位醫生的說法不謀而合——說來諷刺，沒抽菸的人罹患的肺癌，是最凶猛的肺癌，會像龍捲風一樣橫掃全身。她在等我回話。

失去聲音幾個月來，我從未像現在這般迫切希望能開口說話。我感覺到那些話充塞體內，想要掙出口：「別擔心。」我想說：「不會有事的。」我想跟她說個故事，那個逾越節的笑話，能逗她笑的都好。但我沒辦法。我只能緊握她的手。

「裘爾。」她說：「我快死了。」

她看著我好久，仍在等我開口。我點點頭，強忍淚水。

「你知道的。」她說：「我不怕死。真的不怕。我覺得那就像《真善美》的開場那樣。你記得嗎？茱莉．安德魯斯爬過山丘那一段？」

我還是點點頭，她繼續說：「我認為山的另一邊很美好。我會和你爸重逢，會看到他站直身體，又高大，又健康。我也會見到你的葉塔外婆和伊齊外公、狄娜阿姨和山姆舅舅——大家都在那裡，而且都很健康，都在等我跟他們重逢。他們會大聲叫我：『葛萊蒂絲，歡迎妳！』——而我也聽得見。」

我緊握她的手，可以感覺到她也握緊起來。然後一片陰霾籠罩她的臉，我也看得到淚。

「可是我不知道要怎樣才能到那裡。」她說：「山太陡了，我的包袱又太重了，拿不動……」她的聲音越來越微弱，彷彿在提出什麼問題，一個她問不出口，我也沒辦法回答的問題。她在問我，她該怎麼死。

我們兩人沉默良久。我在想她的包袱，裡面可能裝了什麼。以前我總會幫媽媽提東西，載東西——行李、家具，雜貨之類的。但這一次不同。我沒辦法幫她提，她自己也不能提著走。她只能打開包袱，把東西拿出來。要打開包袱只有一個辦法——說真話。

我就是在那一剎那想起這個故事。我忽然看見一部腳踏車，車籃裝滿沙子。我也聽到雷尼在說：「老天爺正在傳訊息給你……如此明顯，明顯到你看不見……那可以歸結為一個字。」

**聽**。

我把手伸進身旁的塑膠袋，拿出那塊寫字板，從凹槽裡拔出紫色的專用筆，寫上：「講妳的故事給我聽。」

故事起源：日本禪宗

# 懸崖上的野莓

有位禪師到偏遠的村落旅行。他沒趕上回程的火車，於是決定走一條他認為是捷徑的路。

他走上一條陡峭的山路。夕陽西下，他凝視遠方，景色美到讓他心醉神迷，沒注意腳下。就在這時他踢到一顆小石頭，好一會兒都沒有聽到石子落地的聲音。

他停下腳步，這才發現自己正站在一座巨大峭壁的頂端。再走一步，就會墜入萬丈深淵。

他站著不動，眺望遠方山巔，忽然聽到一聲巨吼，嚇一大跳。他回頭，看到一頭大老虎慢慢逼近。他橫移一步，腳下的岩石應聲碎裂。他墜落懸崖，頭下腳上直落，於是趕緊伸手想抓住任何能救命的東西。就在一瞬間，他抓到一根從岩壁裂縫長出來的帶刺藤蔓。他抬頭看崖頂，老虎正舔著唇。

他低頭朝底下望，看到崖底。那裡，也有一頭老虎等著，正抬頭看他。

一頭老虎在上，一頭在下，他又看了看藤蔓，尖刺正扎著他的手。他看到藤蔓附近有個小洞，將視線移至洞口時，只見一隻黑白相間的老鼠慢慢爬出來。牠沿著一小塊凸起的岩壁跳上藤蔓，看了他一眼，再看看老虎，最後竟然開始啃起藤蔓。

禪師趕緊搜尋附近還有沒有別的東西可以抓，但什麼都沒有。就在這時，他發現在一旁不遠處有一小株植物。這株植物看起來纖弱無比，顯然無法支撐他的重量，但他還是伸手去抓。一撥開綠色的葉子，他就瞥見有個小小紅紅的東西。原來這是一株野莓樹，結了一顆完熟的果實。

他摘下野莓放進嘴裡，然後邊吃邊想：「生命，可真是甜美啊！」

# 10 懸崖上的野莓

媽媽讀了手寫板上的文字。

「我的故事？」她的口氣充滿懷疑：「你想聽**我的**故事？」

我點點頭。

「可是我不是說故事的。」

我搖搖頭。

「我不知道從何說起……」

「從哪裡開始都可以。」我寫道：「哪裡都是起點。」

她讀了，點點頭：「隨便哪裡都可以？」

我又點點頭。她凝視遠方好一會兒，眼皮慢慢闔上。然後她轉過來，微笑地對我說：

「我剛想到你的伊齊外公。」她說：「想到他好愛番茄醬。」

我點點頭。

「他什麼都要加番茄醬——蛋啦，雞胸肉啦，吐司啦。他說那是他最愛的美國食物。」她停下來呵呵笑，笑著笑著又咳起來，連咳好幾聲，接著繼續講下去。我聽到她說外公把番茄醬收藏在海德公園老家的地下室，有一次他開到一罐已經發酵的番茄醬，結果醬汁就直直噴上天花板。「從此，天花板就永遠留著那塊污漬。只要有人來家裡，我們就會指給他們看……」

她說話的時候，我們周圍的房間景物慢慢消退——難看的窗簾、醫療儀器、帶輪子的餐桌、托盤通通不見了。取而代之的是二次世界大戰前的克里夫蘭。我聽媽媽說她第一次搭路面電車去市區買加了磷酸鹽的巧克力、她堂哥李奧納多的資源回收場有多神奇、她父親的床墊工廠，還有那些陪伴父親到處送床墊的星期天午後。

「我有跟你說過我們海德公園的房子嗎？」我搖搖頭。她當然說過，很多次，但總是隨便帶過，彷彿我已經跟那裡很熟似的。現在我聽她介紹每一個房間，每一條走道，她母親烤的杏仁餅散發什麼樣的味道，前院的槭樹，還有地下室。「那裡是我們堂表兄弟姊妹的俱樂部。」她說：「成員有我、諾瑪、諾蒂、茉莉、李奧納多、曼尼等等——就在那塊番茄醬污漬底下聚會。」

我還聽到山姆舅舅的事，他是個子瘦小、溫文、講話輕聲細語的紳士，跟舅媽黛娜結婚七十五年了。「有一次，在一場派對上，他誇口說自己力氣很大，可以把電話簿撕成兩半，大家都嚇了一跳。他的個子這麼小——可是他又不是那種愛吹牛的人。派對主人拿給他克里夫蘭黃頁電話簿時，時間彷彿暫時停止。主人說：『動手吧！』所以他撕了——一次撕一頁！」

都是些簡單的故事，卻是她從來沒有跟我說過的故事。即便現在，她似乎仍意外我竟然會想聽。「我一直以為你沒興趣。」

我有興趣啊。聽她說著，我也被送往不同的時空——回到熟食店的世界，見到愛吃酸黃瓜的路易舅舅，會把口袋塞滿酸黃瓜帶回家；回到《克里夫蘭誠懇家日報》的印刷室，以及她當記者的第一天；回到她在湖畔的宣教營地中當輔導員的夏天。

「有一年來了個新隊輔，是我見過最帥的年輕男生。他高大挺拔，很會講笑話、說故事。所有孩子都喜歡他。一天晚上，他辦了一場音樂會，拉他的小提琴——真好聽。他說他要去巴勒斯坦，住吉布茲集體農場……」

我從沒聽人這樣描述過爸爸。也沒有聽過爸媽如何相遇、把兩人的夢想合而為一、搬到加州的故事——以及當時的加州是個多美妙的地方啊。媽媽的故事穿插著他們一路遇到的人物，像是藍霍茲和薛萊默等名字——都是我熟悉不過的。但現在，當她細述我哥和我出生前的歲月，這些名字卻變得猶如神話一般。南加州本身也蒙上我從不知道的美；我甚至聞得到橙花盛開的芬芳。

然後，戛然而止。她嘆了口氣，咳了幾聲，聳了聳肩。

「我還有什麼可以說？」她問。

我想到塔莉的忠告：有話不要擱在心裡。我也想到雷尼說「我覺得你是困在海鳥姆了」這句話時臉上的表情。我再次拿起小美人魚寫字板，拔出魔術筆，寫下：「包袱裡面有什麼？」

她看了看我的問題，然後轉頭看了看床邊地上，彷彿包袱就擱在那裡似的。她又回頭看著我，一語不發。我看得出她的眼神苦苦哀求我**別問這個問題**。

可是非問不可。我們已經在街燈底下找過了，遍尋不著。我等她開口，看她遲遲沒有回應，我又拿起寫字板，擦掉剛寫的字，寫上「真相」。

「可是，我說的都是真的——」她抗議。

不能回頭了。這一次，我在磁性手寫板上寫下：「阿嬤」。

她一臉震驚，彷彿我在板子上寫了髒話。

「可是，現在提這個幹麼？為什麼要重提往事？」

為什麼呢？我也不知道。我再次在板子寫下：「包袱？」

她明白我的意思。「唉，她有她自個兒的難題……」我媽勉強擠出這句。她長年掛在嘴邊的一句話。

我點點頭，請她繼續，雖然我看得出她不願意。我等她。

「婚禮前，你爸一直不讓我跟她見面。要是早點見到她，我想自己就不會嫁給你爸了。我求你爸勇敢面對她。他試了，但辦不到。」

媽媽搖搖頭，我看得出她極力壓抑怒火。「她很會做乳酪捲餅，還記得嗎？」

我記得，所以點了頭。

「她做捲餅給你爸，叫他別吃我煮的東西，說我會下毒害他。」怒火還是燒起來了：「她很可怕。讓我們的生活苦不堪言，死纏我們不放。她會破門闖進我們家裡，想盡辦法折磨我們。那個臭婆娘……」

她自己停住，一臉震驚。但話都說出口了。她好像說了一句咒語。我媽，我一輩子不曾對誰口出惡言的媽媽，打破了魔咒。

她等了一會兒，「臭婆娘」的聲音仍在病房裡迴盪。她看起來有點意外自己怎沒被天打雷劈。

她繼續說：「她**就是**臭婆娘。她恨我。我不知道為什麼。不只是因為我配不上她的兒子——她還認為，我是全世界問題的根源。她說我是希特勒。她吐口水到我的臉上……」

宣洩的閘門開了。我聽她訴說祖母的惡形惡狀、如何一路追著我爸媽到加州。還有她跟我爸一起生活的情況：眼睜睜看著他的夢想隨著一次又一次生意失敗而破碎，家中財務崩潰，他的身體垮掉，開始出現躁鬱。他老是在孵育她知道必敗無疑的計畫、不切實際的妄想，然後讓我們在債務裡越陷越深——「那些年就像看著房子慢慢、慢慢地燒，而我阻止不了他……」

她說了一些在我出生前發生的事，是我從沒聽過的事。她總共懷孕過五次。除了我們三兄弟，其他兩個寶寶都是女生。一個死產，另一個已經取好名字叫瑪麗，出生一個鐘頭就夭折了。我想到蜜凱拉，想到媽媽第一次抱她時，眼裡綻放的光亮。

悲傷漫無止境，而她的悲傷一路延伸回從前。現在，她又講起自己年輕時住海德公園，如牧歌一般的時光，但這一次我聽到了有個舅舅自殺、激烈的爭吵、外公的憂鬱症，以及他每次做完電擊治療回家時的臉色。

我聽得出她累了。她呼吸吃力，而且連連咳嗽。但她講得正起勁。她發著光，神采飛揚，我長大後就不再見到的模樣。我覺得不如今天就到此為止，讓她休息，但她停不下來。她告訴我，眼睜睜看著自己的父親——我的伊齊外公——死於肺癌有多悲慘。「我飛回克里夫蘭。爵士鋼琴家與歌手納金高當時也住同一家醫院。他也因肺癌病危。我記得他們在納金高的病房裝了麥克風，讓他可以唱歌給院裡每一個人聽。他唱了〈蒙娜麗莎〉。」

她撇開頭去，彷彿看著時光倒流，然後聆聽納金高的歌聲。「我們全都停止說話——我啊，你的伊齊外公、你的葉塔外婆，還有護理師——都完全安靜下來。我們全都抬頭看擴音器。他的歌聲好輕柔，好悅耳。即使透過醫院劈啪響的擴音系統播放，聽起來還是跟絲綢一樣。」

說完納金高的歌聲，媽媽就閉口不言。她已經打開另一扇門，而我知道那扇門難以穿越。媽媽前二十五年都在努力和聽力喪失和平共處，在所有她隱忍一輩子不抱怨的事情裡，這無疑是最痛苦的。我曾設身處地想像過，這麼多年來，周遭的音量一天比一天小，會是什麼感覺。而這麼多年來，她一句自憐的話都沒說過。從未怨天尤人，責怪命運。

我深吸一口氣，鼓起勇氣接受故事的這個部分。但當我抬起頭望向她，她正在微笑。不知道在笑什麼。

「我剛想到白蘭琪。」她解釋：「想到去年我生日時，她帶我去看音樂會。其實是我帶她去啦——車子是我開的。」白蘭琪是母親的摯友，幾乎全盲。「音樂會在大使禮堂舉行，他們演奏貝多芬的第六號《田園》交響曲。」她眼神迷濛。

這令我好奇了。我寫下：「妳聽得見？」

她搖搖頭。「一點點。聽起來好遙遠。但還有其他方式可以欣賞音樂會。我可以欣賞指揮怎麼揮舞指揮棒，欣賞樂器怎麼跟從指揮。我看著白蘭琪，可以感覺音樂流過她的身體。然後我閉上眼睛，感覺音樂就在我座位的扶手裡。音樂層次好豐富、好綿密——就像打發的鮮奶油一樣。」

過了一會兒，她說：「很好笑，對吧，老天爺從我們身上奪走了什麼，又換給我什麼？我年輕、聽力健在的時候，就一直很喜歡音樂。喜歡聽你爸拉小提琴、聽唱片、跳舞。但從來沒像我在這場音樂會上那樣享受音樂。」

我全神貫注聽媽媽細述，沒注意到一名護理師走進病房。她開始撥弄靜脈注射的袋子。

「噢，真好。」護理師說。她體格健壯，有一頭蓬鬆金髮。「有人來看妳欸。」

「我兒子。」我媽解釋說：「最小的。他從柏克萊來——他是專業的說書人。」

「說書人啊。」護理師跟著說：「那很棒吧？」

我點頭表示同意。

「他還有漂亮的妻子和兩個可愛的孩子。」我媽補充，然後轉向一邊，假裝吐口水：**呸**、**呸**、**呸**。看到她即便罹癌在病榻上不久於人世，仍不忘吐口水來避開厄運，我覺得好笑又窩心。所幸護理師沒打算閒聊，做完分內的事就離開了。

「你呢？」我媽問：「你好不好？剛剛都是我在說話。你怎麼樣呢，裘爾？我從沒見過你這麼安靜。」

我可以看到她正注視著我，仔細觀察我的神色。

「你出了什麼事情，對不對？你過得不好。」

我點點頭。她已經把自己的真相告訴我，現在換我跟她說實話了。

「為什麼這麼安靜？」她又問了：「從你來這裡，你一句話也沒講。」

於是我再次拿起手寫板，寫下：「我失聲了。」

她一臉不解。「喉嚨發炎嗎？」她問。

我搖頭，寫下：「癌症」。

她讀了那個詞，然後又讀一遍，不解的表情轉變成震驚。「癌症？」她念出來：「我不明白。什麼時候的事？怎麼得的？」

然後很多問題來了。她問了一連串的問題。我盡力回答，寫了又擦，擦了又寫，最後媽媽示意要我停下，她比了比床邊一個黑色小盒子。我拿過來，打開。裡面是一支迷你麥克風連著長電線，是以前我們想在餐廳裡聊天時用過、但其實不怎麼管用的玩意兒。

我搖搖頭。這玩意兒怎麼用啊？

她把一端插入另一個盒子，它也連接著她的助聽器。「如果你輕聲說話，把每個字講清楚，也許我聽得到一些內容。」

我試了一下，輕聲說出：「試音，一、二、三……」她仍一臉期待，表示什麼也沒聽見。然後她眼睛一亮，彷彿突然想到什麼主意，伸手去轉了轉。她的助聽器大聲尖叫起來，她連忙調整到聲音停止。

「再試試看。」

我小聲說話，每個字都說得超級清楚。這次她點頭了。

「你聽起來好像站在一座遙遠的山頂上。但如果你慢慢講，我聽得到。」

我深吸一口氣，開始講我的故事。每講一個詞組，我都會停下來，等她給我理解的表情。如果沒有，我就會重複一遍，把脣形做清楚。每一次她終於聽清楚的時候，我都看得出這些話的影響。我的話令她心如刀割。她的臉色越來越凝重，讓人於心不忍，越來越難把話說出口，因為我每一次停下來換氣，都聽得到腦海有個聲音在嘶吼：你到底在幹麼？**你媽都快死了，難道這還不夠——還得讓她聽這些？**

但我停不下來。我們已經打破「報喜不報憂」的默契了。在她眼中，我的人生，現在就像一幅正在燃燒的畫。這一幅我的畫像，是她放在心底好多年的。這幅畫，我很熟悉，因為那是我從小煞費苦心、小心翼翼描繪的圖畫。上面有我的成績、我的表演、我的成就——「成功兒子的畫像」。現在它正在熊熊燃燒中。

說完故事，我哭了——這是在那個手術醒來發現失聲的早上之後，我一直沒有做，也不肯讓自己去做的事。我媽也做了一件自我有記憶以來就不曾做過的事——她抱了我。雖然生病，雖然罹癌快死了，她仍抱住我，撫慰我，像我小時候那樣。

我們就這樣維持了很久，我不想放開。我找到我媽了。我們一句話也沒說，也不想說。我們不需要說。我們已經來到生命裡那個一切盡在不言中的時刻。

外頭天色越來越暗了。我感覺得出媽媽累壞了。她需要睡眠。我放開她，親吻她的額頭。她點點頭，明白該是放手的時候。但她仍坐著，臉上洋溢著一種我未曾見過的神情。她看起來像全新的媽媽。

我走出病房。帶上門時，我轉頭透過門上的小窗子，再看她一眼。**那是我的媽媽**，我對自己說。**我的媽媽**。我喜歡這四個字的音韻。

現在我望著她時，又可以聽見她多年前的聲音，說著那句她以前說過好多遍的話——「一扇門關了，一扇窗就開了。」

故事起源：烏克蘭猶太人

# 赫謝爾臨終的笑

偉大的弄臣，奧斯特羅皮利的赫謝爾，至死都不會改變，死到臨頭還要講笑話。

他垂死之際，全村居民聚集在病床周圍，他虛弱地躺在那裡，幾乎沒力氣說話。

拉比說：「赫謝爾，你快死了。臨終前要不要講點正經的？」

「何必現在才開始認真？」赫謝爾反問。

「可是，赫謝爾啊！」拉比說：「再一會兒，死亡天使就要來接你了。祂會問你的名字——你打算怎麼說？」

「我會說我是摩西。」

「可是祂曉得你不是摩西——你是赫謝爾！」

「如果祂曉得，還問我幹麼？」

「可是祂會問你，你這輩子做了什麼、有沒有修正自己的過錯、有沒有讓世界更好。這時你又怎麼說？」

赫謝爾說：「我會告訴祂，我修補了自己的襪子。」

赫謝爾快要嚥氣了。「我有最後一個請求。」他氣若游絲地說：「靠近一點。」眾人全都彎下腰來聽。「我只拜託各位——把我放進棺材的時候，求求你們——千萬不要抬我的胳肢窩。」

說完這些話，他就闔上眼，斷氣了。房裡一片寂靜。好奇怪的請求。然後，眾人突然異口同聲——「為什麼？赫謝爾——告訴我們為什麼啊！」

過了一會兒，赫謝爾睜開眼睛，從另一個世界跟他們說：「我那裡一直有點怕癢。」

# 11 赫謝爾臨終的笑

在媽媽的葬禮上，我講了赫謝爾的故事，就像十二年前在爸爸的葬禮一樣。這是她的請求；她希望自己的葬禮現場有笑聲。

「我希望那是一場慶祝活動。」她說。當時救護車已經把她送回自己的公寓等待死亡。「我很幸運能度過這樣的一生。我希望穿那件紅橙相間的晚禮服——還記得嗎，就是我買給自己七十歲生日的那件。

「你也知道，我參加過夠多哭哭啼啼的葬禮了，我的朋友們也是。他們可以哭，但我也希望他們合唱《真善美》裡面那首歌，越大聲越好，要大聲到我能聽見。然後我也希望他們笑。裘爾，到時你講幾個故事，好嗎？」

這個要求讓我措手不及，我聳聳肩。

「就像你在你爸去世時那樣啊。講一樣的故事就好——赫謝爾的故事、海烏姆的故事。好不好？」

我點點頭，雖然我不知道要如何兌現承諾。

「別擔心。」她說：「你小聲講就好。大家聽得到的。」

最後那幾天下午，我都陪媽媽計畫後事，聽她講自己的故事。晚上，在她入睡後，我會到外面，在她公寓附近的街道走走。這些街道是我平常避之唯恐不及的——四處都有購物廣場、速食餐廳、方塊街區上的方塊水泥建築。街角有一家起碼綿延兩百公畝的超市，對街則是一座大到顧客通常會從一端開車到另一端的購物中心。我一個人走，街上沒有其他行人，只有一條絡繹不絕的車流。

但媽媽竟然很愛這一切——她的公寓、鄰居、隱身混凝土叢林的小商店。我走著走著，想起一段多年前的往事。

那是爸爸臨終之際，我沿著十號高速公路載我媽一路向東，到往聖伯納迪諾的半路去拿什麼東西。我不記得是什麼了——大概是一份要填表格的官僚文件。我只知道自己討厭去那一帶，根本鳥不生蛋。我們好不容易抵達目的地，那是一所全由混凝土塊砌成的成人學校。對方告知我們，媽媽要領的文件還沒好，結果我們還得再等將近一個小時。

我們坐在院子裡，天氣熱到可以看見地上蒸騰的熱氣。旁邊有一座搖搖欲墜的建築，看起來像是蓋得很隨便的大棚屋，四周圍著細鐵絲網。我們等著，媽媽面露微笑，我則熱得心煩意亂，然後她說：「很漂亮，對不對？」

「漂亮？什麼東西漂亮？」

她比了比那座圍著細鐵絲網的建物。

「那是什麼？」

「是鳥舍唷。看出來沒？」我瞇起眼仔細端詳，發現她說得對。「是一群有學習障礙的成年人蓋的。現在裡面還沒有鳥，但以後會有的。很漂亮，對不對？」

想到那座鳥舍，又想起媽媽，我的腦海浮現兩幅畫面。一幅是一個平凡無奇的女人，眼睜睜看著夢想從指縫溜走，就此過著充滿無聲與失望的日子。另一幅則是一位天賦異稟的女性，懂得在匱乏中找到樂趣，並在看似一無是處當中發掘生命的美好，甚至在生命走到盡頭時，也不忘鼓起我從未見過的勇氣，面對自己的死亡。

我發現腦海不斷來回切換這兩幅畫面，彷彿要我在當中做出選擇。這時我想到雷尼，想著假如他人在那裡，會怎麼說。

「又是一個謎題。」他會說：「而你得喜歡這道謎題。就像有兩個海烏姆的村民爭執不下，去找拉比評理。拉比仔細聆聽完雙方說法之後，捋著鬍子，對其中一人說：『就一方面來說，你是對的……』接著又對另一人說：『……不過從另一方面來說，你是對的。』

「『可是拉比……』第三個人說。『不可能兩個人都對啊。』聽到他這麼說，拉比也點點頭，回答：『你說的也對。』」

當然，雷尼說得對。我沒有資格對媽媽做出任何評斷；她是我媽，而我很幸運在這麼多年後，找回和她的連結。重要的是，她愛我，我也愛她。當我明白這點，兩幅圖像就合而為一了。

媽媽衰退得很快。呼吸越來越喘，越來越困難，也無法再進食了。塔莉和孩子都飛過來向她道別。那天是逾越節，因為媽媽沒辦法參加逾越節晚餐，我們就幫她辦了簡易版的儀式。我們沒有準備食物，只有歌唱和說故事。蜜凱拉唱了她在托兒所學會的歌，有河中的摩西，還有法老和青蛙。以利亞唱了〈四大問〉，還講逾越節的故事給她聽。他講得好極了，跟我去年告訴他的一樣。但當他講到「摩西拙口笨舌」那一段時，頓了一下，補上一句：「跟我爹地一樣。」

我媽仔細聆聽，已經不能開口說話，但我可以在她的眼中看到那份驕傲，先是她看著以利亞的時候，再來是她看著我的時候。我很熟悉她這個以我為榮的眼神；在我好多場演出時，她都是這樣看我。這樣的目光，是我努力工作一輩子希望得到的青睞，而我也一直以自豪的眼神回應。但此刻，我們交流的眼神很不一樣；那是會心的眼神。

那天晚上，天使就來接她了。她去世的那一剎那，我從睡夢中驚醒，知道她已經離開。我的感受，和任何連第二位至親都失去的人一樣，不管年紀多大。雖然我沒說出口，但塔莉全明白。她將我摟進懷中說：「我的小孤兒。」

每一種文化都有自己告別亡者的方式。尼泊爾人會把屍體放在山頂，任由禿鷹啄食，提醒生者，這只是一具沒有靈魂的軀殼。因努伊特的部落會將屍體放進獨木舟，送出海。

猶太教也有很多方式提醒送葬者，死者真的已經離世，藉此引發哀悼的過程。其中一個方式是透過幽默，因為悲傷和喜樂形影不離，而一點點笑聲就可以輕輕勾出哀痛，釋放悲傷。也許這就是媽媽希望我在葬禮講故事的原因。

不過，想到這裡，我就心驚膽戰。自舊金山那場成年禮之後，我就沒有公開講過故事了，而那已經是六個月前的事。我已經不是從前的我；我不再是表演工作者了。

我看著人潮湧入小禮拜堂，都是熟悉的臉孔。我小時候，他們都看過我表演魔術，我知道媽媽告訴過他們，我以說故事為業。但當中大部分的人，我已多年不見，前一次見到他們也是在同樣的禮拜堂裡——我父親的葬禮上。

拉比進來了，是個親切的年輕人，跟我媽很熟。他抱了我和我哥，然後轉向我，察覺到我的恐懼。

「你確定你想這麼做？」他問。

我點點頭。

「我知道這是她的心願。」他說。

當上台那一刻來臨，我站在觀眾前面，掃視每一張臉。雖然我知道要講哪些故事，但已經不知道怎麼講了。

我望著拉比，他點點頭，接著看看我哥和阿姨。然後我又掃視了一遍廳堂內的臉孔，那些我認識一輩子，卻不知怎地現在才看清楚的臉孔。每一張臉都散發著我過去不懂得欣賞的溫暖、和藹、高貴。當我看著他們，肩上的重擔彷彿卸下了。我想到雷尼的話——「讓故事經過你的心，流出來。」

我上前靠近麥克風，輕聲說：「且讓我……聊聊……媽媽的……勇氣。」

猶太殯禮的傳統是由送葬者埋葬棺木。「不過，我們拿鏟子的方式很特別。」拉比解釋。他示範怎麼用鏟子的反面挖出第一瓢土。他說：「這提醒我們，這不是一件平凡的事。我們進行的是神聖的工作。」

我們圍在墳墓旁邊，開始鏟土。因為下起毛毛雨了，我們也幫彼此撐傘。媽媽的老友朗讀她三十五年前寫的一封信，當時我和我哥都還是小朋友。另一位朋友回憶她第一次遇到我爸媽的情況，說我們三兄弟都在車頂蹦蹦跳跳。

這就是故事最美的地方：只要你用心聆聽，不管你給出多少，都會拿回更多。我們站在那裡，圍著媽媽的墓，隨著雨越下越大，故事也不斷流洩而出。

我不時看著以利亞，他看來對這種新的挖土技巧深深著迷，他示範給蜜凱拉看。接著我媽的這兩個好朋友輪流鏟土，每鏟幾次就停下來朝棺木揮手：

「葛萊蒂絲奶奶，再見，我們愛妳。在天堂玩得愉快唷。」

故事起源：義大利

# 快樂男子的內衣

很久很久以前，義大利北部住著一位國王，他什麼都不缺，還有個兒子。他非常疼愛這個兒子，可是不知道為什麼，兒子老是悶悶不樂。

「我能做些什麼呢？」國王問兒子：「如果有什麼東西可以讓你開心，儘管開口，為父一定幫你辦到。」

「我不曉得。」兒子說。

「你有想娶誰為妃嗎？不管是最富有的公主或最貧窮的村姑，想娶誰都可以！」

「父親，我不曉得。」兒子只會回這句話。

國王召來哲學家、醫生、學者和教士，商量或許可讓兒子高興的方法。眾人集思廣益，最後討論出一個簡單的辦法：國王必須找到一個真正百分之百快樂的人。他們說：「找到這個人之後，只要脫下他的內衣，拿來給王子穿，王子就會快樂了。」

國王聽完鬆了口氣，趕緊派出使者尋找真正快樂的人。雖然使者找到了很多自稱快樂的人，但一仔細詢問，每個人或多或少都有不快樂的情況。

經過幾個月的尋覓，國王開始心灰意冷。但在一個寒冷的冬日，國王外出打獵時，聽到有人在原野唱歌。歌聲甜美又輕快，唱歌的人一定很快樂。

國王尋聲找去，看到一名年輕男子，他坐在樹下，冷得縮成一團。

國王問他：「請問你快樂嗎？」

「快樂得不得了。」年輕男子說。

「讓你住進宮殿好不好，你會喜歡嗎？」

「不用了，謝謝。我在這裡挺滿足的。」

「要是給你金銀財寶呢？」

「你的好意，我心領了。」年輕男子說：「但現在擁有的這一切，已經讓我很開心了。」

這些話讓國王非常欣喜，因為他明白自己總算找到真正快樂的人了。

「我可以請你幫個忙嗎？」國王懇求。

「沒問題！」年輕男子回答。

國王激動得發抖，說：「過來這邊！只有你可以拯救我兒子！」

國王伸出顫抖的手指，解開年輕男子外衣的鈕扣——然後愣住。

因為這個快樂的男子，沒有穿內衣。

# 12 快樂男子的內衣

三個禮拜後，我去找雷尼，他看起來老了二十歲，不過沒喝醉。

「我說了可怕的話。」他說。

我等他進一步解釋。他轉身，彷彿面對一群觀眾。

「我說：『嗨，我是雷尼！』他們就應聲回答：『嗨，雷尼！』那是二十三天前的事。我現在一個禮拜去聚會三次，從那天開始，我就滴酒未沾。」

我們坐在門廊。我拿出自己帶來的三明治，不想再給雷尼招待。

「你呢？你到底跑去哪裡了？」他問。

「我……有個……故事。」

「故事？」他斜眼看我：「你有個故事？」

我點點頭。

「那就說來聽聽。」他說，咬了一口火雞肉三明治。「我等很久了。」

所以我說了自己前一次和他見面之後發生的一切。

雷尼聽著聽著，目光就轉向遠方，眼神變得迷離，彷彿跟著我一起進了醫院，去了我媽的公寓，參加了葬禮。

我跟他說了我在葬禮現場講了哪些故事：包袱和鳥舍、海烏姆和赫謝爾。我也告訴他葬禮之後發生的事。我想帶塔莉和孩子去看我小時候住過的房子。雖然聽說那裡已經轉手多次，但看到它的剎那，我還是備感震驚。屋況看起來好糟，外觀不再是我記憶裡的米白色，它變成一種難看的綠色，很多灰泥塊脫落了。車道上停了一排舊車的遺骸。前院的兩棵大榆樹被砍掉了，只剩樹墩。媽媽栽種、深受爸爸喜愛的花——天堂鳥，全死光了，只剩雜草。我原本打算敲門，告訴主人自己以前住過這裡，請求讓我四處瞧瞧。但我們還是坐在車裡，看雨點啪啦啪啦地打在擋風玻璃上。我很清楚，我再也不想見到它了。

回老家真是錯誤的決定——我在回程開往高速公路途中這麼想。說時遲，那時快，有個情景吸引我的視線。有個男人穿著紅毛衣，騎著腳踏車，不停兜圈子。我放慢速度看他，他也抬頭看我，臉上浮現愉快但困惑的表情。不一會兒，我看到他露出微笑，向我揮手，而我也對著他揮揮手。

說完我的故事，我看到雷尼也在微笑。他開口說話，但隨即止住。他又開口，但再次停住。

認識雷尼這麼久，這還是他第一次無話可說。

我們靜靜等了好一段時間，我才問出一直擱在自己心裡的問題：「我……該……怎麼……謝你？」

他搖搖頭：「我才該謝謝你讓我參與這一切。你給了我最想要的——一個故事，而且是他媽的好故事。謝謝你。」

哀傷自有一套辦法，喚出生命的甜美，而我永遠忘不了那年春末的那幾天。浸濕北加州的雨，綿延過冬季，這時突然停了。不到一星期，奮戰好幾個月仍開不了花的櫻桃樹，倏然百花綻放。

媽媽走後，我發現一直被身邊所有會讓自己想起她的事物吸引——我繼承的藍綠色胡佛牌直立式吸塵器、她的電動打字機、一套森林綠的麻將。我會在書房後方的密室整理她寫給我的信：有好幾疊呢。說來慚愧，其中一些我還沒拆。知道她不會再寫給我了，我慢慢把它們一一拆開。大部分是簡短的便箋，閒話家常，是用她的打

字機打的，因為它會在原本該是小寫e的地方打出小洞。除了便條，我還看到不少剪報——提到我高中老師的報導、連環漫畫、幾篇幽默作家爾瑪．邦貝克的專欄文章。在這些剪報中，有一張特別顯眼。

那是猶太拉比傑克．里默（Jack Riemer）為《休士頓紀事報》寫的文章，記錄小提琴家伊扎克．帕爾曼的一場音樂會。媽媽在剪報最上面寫了一句話給我：「裘爾，我想你會喜歡這個故事。」

＊＊＊

**一九九五年十一月十八日，小提琴家伊扎克．帕爾曼在紐約市林肯中心的費雪音樂廳登台演出。**

**如果去過帕爾曼的音樂會，你會知道走上舞台對他並非易事。他自幼罹患小兒麻痺，兩條腿都裝了支架，得靠兩根拐杖輔助才能行走。**

**看他一步一步、小心謹慎、緩慢地橫越舞台，是件大事。他舉步維艱，卻氣勢非凡。走到座椅後，他慢慢坐下來，把拐杖放在地上，解開支架的鉤環，一腳後收，一腳向前伸直。然後他彎下腰，拾起小提琴，用下巴夾住，向指揮點點頭，開始拉奏。**

如今，觀眾已經習慣這個儀式。大家會安靜地坐著，等他一步步走向舞台上的椅子，並在他解開腿上的鉤環時，恭敬地保持沉默。大家會等著他一切就緒。

但這一次的演出，出了差錯。當他拉完前幾個小節，琴上一條弦突然斷了。斷裂聲清晰無比——就像槍砲聲響徹音樂廳。

不會有人弄錯這個聲音是怎麼回事。大家也都明白他該做什麼。當晚在場的人無不心想：「他一定要起身、扣上鉤環、撿起拐杖、緩緩走向後台——去換一把小提琴，或是拿新弦換上。」

但他沒這麼做。他等了一會兒，閉上眼，示意指揮重新開始。管弦樂隊開始演奏，而他就從剛剛中斷的地方接起。然後，他展現出眾人前所未聞的熱情、力道和純粹。大家當然明白，只剩三條弦絕不可能拉出交響樂章。你知，我知，但這一晚，伊扎克・帕爾曼就是拒絕這個認知。你看得出他不斷在腦海裡調整、變換、重譜樂曲。某一刻，他甚至好像改變了弦的音調，拉出琴弦從未發出過的新聲音。

當他演奏完畢，全場寂靜無聲。接著，大家起立喝采。觀眾席每一個角落都爆出如雷的掌聲。我們全都站起來，尖叫、歡呼，竭盡所能地表達出自己有多欣賞他方才的演出。

**他笑了笑，拭去額頭的汗水，舉起琴弓，請大家靜下來。然後他說話了，不帶自誇，而是以平靜、若有所思又恭敬的語氣說：「有時候，藝術家的任務是找出，在所剩無幾的條件下，你還能創作出多少音樂……」**

＊＊＊

學年結束就跟開始時一樣，帶著淚眼汪汪。只是這一次流眼淚的不是蜜凱拉，而是塔莉和我。六月一個晴朗的星期三，以利亞領到幼兒園的畢業證書。隔天，蜜凱拉也完成托兒所第一年學業。她雄糾糾、氣昂昂地和班上同學一起穿越校園，進入新學年的教室。

我，也畢業了；隔週我去做腫瘤追蹤掃描。我躺在那裡，一動不動，任機器一公分、一公分送我向前，聽它嗶嗶作響。然後護理師幫我解開束縛，讓我走下長廊，到放射科醫生那裡看結果。我看到他：戴金屬框眼鏡、說話輕聲細語的華裔醫生，坐在堆滿X光片和圖表的桌子後面。

「班．伊齊先生？」他說。我點點頭，等待。「噢，是好消息。檢驗呈陰性。全清除乾淨了。」他解釋，儀器檢查得很仔細，但什麼也沒發現——沒有癌細胞的蹤影。也沒有理由相信會復發。

我答不出話，只能站在那裡傻傻看著他。他似乎以為我沒聽懂，所以清清喉嚨，總歸一句：「癌細胞消失了。」

我點點頭，但仍不知如何回應。我明白，這個消息如果沒讓塔莉知道，就了無意義。我衝回家，看到她正焦慮地等候。當她看到我的臉，我什麼都不用說了。她喜極而泣，然後我們緊緊抱著彼此，抱了好久；我不由得訝異，我們竟然還能感覺如此親密。世事就是這般奇怪來、矛盾去；我們的人生已天翻地覆，玻璃杯依舊破碎，但我們熬過來了。

兩星期後，當我們抵達下一座里程碑，我們感覺又更親暱了——那是以利亞六歲生日，也是我獲知羅癌剛好滿一年。這天當然值得慶祝，但我也有些感傷，因為明白媽媽已經不在人世。以往她一定會送孩子生日禮物，通常是他們會感興趣的書籍，附上有兔子、小丑、氣球圖案的卡片。現在我每天都會想到她，也強迫自己相信她真的已經離開。久而久之，我總算說服自己這點，但直到今天，我仍難以接受，她永遠不會再打電話來的事實。

全家人享用以利亞的生日晚餐時，我看著家人，回想過去這一年發生的事。以利亞原先對旗子失去的興致，再度燃起，所以現在餐桌周圍又都是旗子了。他長高了六、七公分，一頭鬈髮已從金色變成棕色。他也很會講故事了，不過還是有點害羞，所以只講給蜜凱拉聽。當然，他講的大都是豆豆娃的故事，但假以時日，他的節目單一定會越來越豐富。現在講這些故事剛剛好，蜜凱拉坐著聽他講，眼中流露崇拜，彷彿他是天上的太陽。

就在蜜凱拉望著哥哥時，我和塔莉則注視著他們兩個。孩子真是奇蹟啊——這是我們從他們呱呱墜地的那一刻就明白的事情，但每一天都要努力提醒自己。雖然塔莉很少講故事給他們聽，我卻注意到一件以前沒聽她做過的事——唱歌。她會唱優美、輕柔的歌，晚上她送孩子上床時，我都會在門外聆聽。有些是她當場編出來的旋律，搭配即興創作的歌詞，有些則是來自音樂劇的經典曲目，比如《屋上的提琴手》。孩子會邊聽邊學，然後跟著唱。一天晚上，在以利亞早該入睡的時間，我經過他們房間門口，聽到他小小聲哼唱：「假如我是有錢人，耶豆低豆低豆……」

我聽著他唱，想到我們的財務狀況。我已經開始到處接自由撰稿的工作，雖然日子過得有點苦，但還算過得去。儘管如此，我卻覺得自己是富裕的人，但不是金錢上的富裕，而是如同《塔木德》所描述——問：「誰是富人？」答曰：「懂得珍惜自己所擁有的人。」這段話讓我想起那位「專家中的專家」，以及他所說，我喉嚨裡那位沉默的拉比或許知道什麼祕密。也許這就是那個祕密——也是我需要學習的課題。

雖然永遠沒有人能夠確定，一個故事是在哪裡結束，另一個故事又是從哪裡開始，但我覺得這個故事已經步入尾聲。儘管可能不是我祈求的那種簡單快樂的結局，但這樣似乎更好。我獲得了比快樂更恆久的東西，一種唯有經歷過時間和失去才會萌生的感受——而且它沒有穿內衣。

時至夏末，我又收到一份禮物。它裝在一個大紙箱裡，寄件地址是聖荷西一家律師事務所，名稱我不認得。箱子很大，但很輕，可以想見裡面一定大部分是保護泡棉。箱頂還有一個牛皮紙信封，指名給我。

「親愛的班．伊齊先生：」裡面的信開頭這樣寫：「謹遵已故的雷納德．費因格博士（Dr. Leonard Feingold）遺囑，寄給您此箱的物品……」一陣震驚流竄全身，我撥開泡棉，只找到一只精緻的粉紅色葡萄酒杯。再仔細看信封裡面，我見到另一封信，是手寫在一張黃色公文紙上：

＊＊＊

很久以前，有位名聞遐邇的禪師。他住在禪寺裡，摒棄一切世俗之物——除了一只他珍愛的華麗葡萄酒杯。他每天都拿起酒杯，欣賞穿透它的光影，讚嘆它的美。只要有人拜訪禪寺，他都會拿出來向訪客炫耀。

此舉讓其他僧人大為驚詫，見到師父如此眷戀俗物，他們氣憤難平。有一天，他們當面質問他。

一名僧人說：「大師，您怎麼能以這種物品為樂？難道您看不出這只是世俗之物——如夢幻泡影？輕易就破滅了？」

禪師看著酒杯，笑著說：「的確如此。其實，在我心中，這只酒杯早已破碎。所以我才更愛不釋手。」

雷尼

＊＊＊

故事起源：羅馬尼亞猶太人

# 園裡的狐狸

有隻狐狸肚子餓，在森林裡蹓躂，來到一堵高牆前面。牠沿著牆邊走，最後發現原來牆是圍成一個大圓。

好奇牆內究竟有什麼，牠到處尋找洞口，最後找到一個小洞。牠從洞口窺探，看到一座美得不得了的花園，有滿滿芬芳的花朵、肥美的瓜果，還有一串串熟透的紅葡萄。

牠迫不及待想鑽進園子裡，但那個洞太小了。牠努力擠過來、擠過去，還是進不去。不過，牠想進入的渴望實在太強烈，於是想出一個點子。

牠決定不吃東西，直到自己瘦得可以鑽進洞裡為止。打定主意後，牠餓了三天，終於勉強擠進去了。

來到牆內，牠發現花園比從外面看到的更美妙。牠摘下果子大快朵頤，享受快樂時光。

就這樣順利度過一段時間，牠發覺園子裡還有別人，而且不用多久就明白，這些人在獵捕牠。

狐狸知道自己必須逃命，但牠已經發福，沒辦法從原先的洞口鑽出去了。所以，牠得再禁食一次。可是這一次比前一次困難得多，因為牠身邊環繞著誘人的美食。餓了漫長的三天，牠好不容易擠出去了。

一到外面，牠就停下來，透過洞口回望。

「啊，人生啊。」牠說：「你這簡單的歡樂，我消受不起——不過走這一趟值得了。」

# 13 園裡的狐狸

走過人生，每經歷一次新的失去，就會讓我們憶起先前的失去。雷尼的辭世，在我心裡留下一個洞，讓我空虛又隱隱作痛。不過也有一種充實感，因為我每次想到他，都會憶起他別的故事。那些故事似乎跟我自己的故事交織在一起，而我相信，自己終於理解其中的曲折糾葛。但這一次，我又錯了。

利比亞有句俗話說：「該打的噴嚏，你無法阻止它打。」同樣的，故事一旦開始，你就無法阻止它發展下去。說書人常說故事有「三的定律」——三隻小豬、三個兒子、三個願望等等。所以我想自己是注定該接到第三通電話——第三個醫生打來的。我在九月接到那通電話，無巧不巧，這天是我的生日。

「哈囉，是說故事先生嗎？你好嗎？」我想了一下，才認出這是那位專家中的專家的口音。他說他一直惦記著我，想見我。老實說，雖然我滿喜歡他，但如果在我有生之年不必再見到任何醫生，我會非常開心。但他堅持要見我，我只好跟他約了時間，並如期赴約。

我人一到，他就把我介紹給另一位醫生認識，這位醫生說他想幫我做個檢查。從我見到他的那一刻，就覺得他和其他我遇過的醫生不太一樣。他是拉丁人，說話輕柔，讓我想到某個人，但說不上來究竟是誰。他說話很有耐心，彷彿他有的是時間——這在醫生圈中是少見的特質，尤其是外科醫生。他和先前好多醫生一樣，也摸了我的脖子，仔細檢查我的喉嚨。最後他說：「也許我幫得上忙。」

他這句話令我震驚。震驚的不是內容，而是他的語氣一點也不傲慢。他說「也許」。我就是在那一刻意識到他讓我想到誰——就是「醫生」。不是我遇過的哪位醫生，而是我想像中的醫生。他告訴我有種奇怪的手術叫「甲狀軟骨成形術」，就是在我的喉嚨裡黏一塊塑膠片——他形容為一塊形狀奇特的樂高積木——藉此把我癱瘓的聲帶推回中央，讓另一條聲帶可以帶著它一起震動。雖然這無法讓那條聲帶復活——沒有任何辦法可以讓它復活，但或許能讓聲音改善一點。

「這兩種狀況的差別呢……」專家中的專家插嘴，說得頗富詩意：「大概就像雙簧管和單簧管。雙簧管有兩個簧片，單簧管只有一個簧片，但是兩種都能吹奏出美妙的音樂。」

雖然我向來喜歡單簧管的聲音，也很欣賞他的比喻，但對這種手術還是戒慎恐懼。在我的喉嚨裡放一塊樂高，且永遠不會拿出來，這聽起來不大吸引人。想像我的聲音有可能回來並不難——這個夢想我曾經抱持了好幾個月。但在我進行下一步之前，我很想知道，萬一手術失敗，會有什麼後果。

外科醫生點點頭。當然，他說，手術沒有保證百分之百成功的。這固然可能改善我的聲音，但也可能讓它更糟。萬一失敗，我可能連輕聲細語都沒有了。到時我就真的與啞巴無異。再來還有「可能的併發症」。我記得自己在動第一次手術前，就讀過「可能併發症」表，從輕微不適到猝死不等。我不想看那張表——我想親耳聽聽手術失敗的人怎麼說。他給了我一位病患的名字，是位前高中籃球教練。他跟我一樣，是因為聲帶癱瘓而失聲——他的例子是罕見的病毒感染所致。他也動過甲狀軟骨成形術，但結果不盡理想。

我拖了好幾個禮拜，才總算鼓起勇氣撥了電話號碼。

「你好。」

我以為是小女孩的聲音。「請問……妳……父親……在家嗎？」我問。

對方停頓很久。「他……過世……二十年了。請問……你有……什麼事嗎？」

我真不敢相信自己幹的好事。我連聲道歉了七、八次，直到對方阻止。「沒關係……這是……常有……的事。」

我好不容易說明了我打這通電話的原因，而他跟我說了自己的故事。我得把話筒貼緊耳朵，因為他的聲音微弱到幾乎聽不見。他的手術失敗。「手術……非常……麻煩……還有……併……」他的尾音消失，我聽得到他在喘氣：「……發症。」

「你會……再試……試看嗎？」

又是一陣長長的沉默。「不了……那裡……一團糟。疤痕……組織。只有……一次……機會……」他的尾音又消失了。過了幾秒鐘後他說：「我已經……學會……與它……共處。」

我結束對話，掛上話筒，全身不寒而慄。動這項手術代表要再擲一次骰子。想到這裡，不免膽戰心驚。

我膽戰心驚，塔莉更是嚇壞了。

「你失去聲音的那天，我就開始抱著一絲希望，盼望它能恢復。」那是個星期天下午，我們把孩子交給臨時保母，去舊金山要塞健行。這座前陸軍基地是全市最綠意

盎然的地區，可以一路走到金門大橋的基地。「我是多麼希望你的聲音能恢復。天天祈禱，日夜祈禱，但它始終沒有回來。

「最後，過了好幾個月，我的希望死掉了。那是一種緩慢、可怕的死亡。我親手將它埋葬。非這樣不可。我別無選擇。」她沉默了好一會兒，一直搖頭。

「但現在，你是要我把死掉的希望挖出來嗎？」她哭了。這時我們已經走到金門大橋底下，冷風颼颼包圍著我們，沒一會兒就把她的淚吹乾。「這太痛苦了。我覺得自己好像一片燒焦的森林。」

跟她爭論無濟於事。詩人和說書人無不歌頌希望，但事實上，希望最是傷人。希臘神話告訴我們，希望是被潘朵拉帶來這個世界的。潘朵拉有個不該打開的盒子，希望就放在盒子最裡面。當然，潘朵拉打開了盒子，也把各種可怕的事物放出來，進入人世。最後，只剩下希望留在盒子裡。我原本一直以為這個故事是在頌揚希望的美德，暗示希望是最大的慰藉。但現在，想到自己經歷的一切，又聽到塔莉這麼說，希望彷彿也變成潘朵拉釋放的可怕東西，說不定還是其中最殘酷的。我們都被「我的聲音可能恢復」的希望，燒得體無完膚了。

「我們怎能再打開那扇門？」她問，等我回答。見我沉默不語，她又說了：「但我也不能關上它。那是你的聲音。該由你自己決定。

「不過我希望你了解一件事。而這件事實在很不容易說出口。」她緊握我的手。「裘爾，我愛你，不管發生什麼事，我都愛你。但是我更喜歡現在的你。喜歡你現在的樣子。」

我們默然佇立良久，冷風不斷從海灣襲來，我的腦袋舉棋不定。我不知道該怎麼辦。我看著一艘帆船通過橋下，再望著塔莉，她的雙眼正泛著笑意。

我痛苦了好幾天，這種時候，我真的開始懷念雷尼。我發現自己還有好幾個問題想問他；其中一個就是，我從頭到尾讀完《約伯記》，讀了三遍，還是找不到上帝發笑的地方。上回我收到法律事務所寄來的玻璃杯包裹後，就寫信問事務所雷尼的事，對方回覆，雷尼是在初夏因第二次心臟病發作而驟逝。依照雷尼的要求，沒有舉辦葬禮，而他被葬在聖塔克魯茲的公墓，和珠兒一起。

然而，雖然雷尼已不在人世，我仍聽得到他的聲音，仍可以想像，假如他還活著，會如何看待我的難題。他會先大笑，笑到前俯後仰，最後，等他笑完，我會聽到他說：「所以你來是要告訴我，這次我又對了？」

「又對了?」

「是啊。」他會點點頭，往天上一指：「我說過，你的故事全操縱在一個說故事大師手中。」我會催促他給我建議：我到底該不該動這個手術?他會說：「在我看來，你無論如何都會失去某樣東西——這是好事唷。我說過啊，你是個幸運兒。」

外科醫生說，手術期間我得醒著，讓他和專家「微調」我的聲音。他們會在我的喉嚨裡試不同的墊片，看哪一種能發揮作用。「不過不用擔心。」他向我保證，這時護理師把我綁在手術台上，給我打了藥。「你不會感到疼痛。」

我聽到兩名護理師在討論隔天的感恩節計畫，接著聽到單簧管的聲音，吹奏一段熟悉的旋律。一會兒我認出它來，接著也認出我自己的聲音——他們在播放我送給專家的故事錄音帶。「沒錯。」專家說：「我們就是要這個聲音。」

藥效沒多久就產生作用；幾分鐘後我才驚覺手術室明亮的燈光熠熠閃耀在手術刀上。有人拿摺好的毛巾蓋住我的臉，我覺得好像在做SPA。有人在我的脖子周圍弄來弄去，然後我聽到外科醫生輕柔的聲音說：「好，試試看吧。」對此專家回應：「說故事先生，請從一數到五。」

我試著發聲——沒有聲音出來。什麼聲音也沒有。沒有氣音，沒有破鑼嗓，什麼也沒有。突然我覺得一股異樣感在全身血液裡流竄，先前麻藥帶給我的輕鬆感已消失無蹤。

「還不行。」外科醫生說。我的脖子周圍又有動靜，而我可以聽到自己的恐慌，像一列火車從遠方疾速逼近。最後我聽到專家的聲音：「好，我們再試試看，從一數到五。」

我再試一遍——還是不行，而且比前一次更糟。不只沒有聲音，我甚至沒辦法呼吸。「他在拉扯束帶！」有人大叫。他們很快又忙亂起來，接著是腳步聲，而我又可以呼吸了——在一陣陣恐慌中急促喘氣。

我聽到有人竊竊私語，有人壓低聲音爭論。有人說：「這樣不行。」另一個人說：「再一次吧。」於是我的脖子周圍又有動靜。

「說故事先生，麻煩你。」專家說：「再試一下。數到五。」

突然我聽見數字了，響亮的數字，迴盪整個房間。「一、二、三……」我停下，數字也停下——只有「三」的回音繚繞。我又從頭開始數，數字又大聲、清楚地響遍手術室——是我在大叫！房裡掌聲響起。當我數到十，我忍不住高喊：「好耶！」

「太棒了！現在，請說個故事給我們聽吧。」

也許是藥效還沒退，也許是因為聽到自己的聲音太震驚。總之，我左想右想，卻什麼也想不出來。他要我說個故事，什麼故事都好，但我連一個都想不起來。我聽得到大家靜靜地等待，然後，我覺得有個故事輕輕拍了我的肩膀，非常輕，非常溫柔。不一會兒，我的腦海裡浮現沙漠的畫面，接著是一座遙遠的宮殿。穿過宮殿大門，我看到一群人，而在他們前方的寶座上，坐著一位國王。

「讓我跟你們講一個故事，很久很久以前，在耶路撒冷古城，所羅門王君臨天下的時代……」房裡爆起掌聲和歡呼聲。我想繼續，但我聽到有個聲音阻止我。在一片鼓掌和叫好聲中，我聽到一個聲音，沉定的細微聲音，輕輕地笑。我撐開眼睛尋找笑聲的來源，但只看到毛巾。

「可以了！」專家說。所有聲音戛然而止。然後我聽到外科醫生輕柔的聲音說：「縫合。」

他們把我推進恢復室時，我仍喜不自勝。

「嗨！妳好！」我對護理師說：「今天天氣真不錯呀！我喜歡妳的帽子！你們這

家醫院真棒。」然後對病患說：「哇，你有打石膏喔！祝你早日康復！」我一會兒朝左，一會兒向右，對恢復室裡的每一個人喋喋不休。當我被推去角落獨處一陣子時，我又唱起〈雨中歌唱〉，但一看到專家走過來，我就不唱了。

「嗨，醫生！」我大叫：「你在找我嗎？我在這裡！」

他笑得很燦爛。「好。」他說：「關於那個故事……」

「你想聽？我講給你聽！那是所羅門王的故事，講他怎麼被魔王阿胥瑪戴騙走戒指的……」

他示意要我停下。「看起來，手術很成功。」他說：「不過有件事情你一定要了解。剛才為了在你喉嚨植入裝置，我們得給你消炎藥。而我們給你的量只足夠完成手術。再幾分鐘，藥效就會退了，接著我們預期喉嚨會發腫。腫脹會持續大約三星期。三星期後，你就會擁有你現在擁有的聲音了。

「但是——這點非常重要——在這三個星期當中，你絕對不可以說話，連試著說話都不行。」

我瞪著他。

「你也知道，植入這個裝置必須非常精準。要一邊聽你的聲音，一邊對照你錄音帶裡的聲音。我相信我們修正得非常好，跟我聽說過的一樣好。但是為了保持下去，這個裝置必須在我們安裝的位置癒合。在這段時間開口說話——包括用氣音說話，就像你先前一直做的那樣——都可能使它位移。我擔心一旦位置跑掉，可能會對你的聲音造成永久損害。」

我咀嚼了好一會兒，才明白他的話意。「你的意思是，就算我現在可以講話了，但我還是不能講話？」

他點點頭。

「可是我還有好多話想說！什麼都想說……」

他伸出手，阻止我說下去。「我有個禮物要給你。」他把手伸進襯衫口袋，拿出一枝鋼筆給我：「這個給你。所以，現在你可以把故事從頭到尾說完了，所羅門王的故事可以，什麼故事都行。」

故事起源：土耳其蘇菲派穆斯林

# 幸福的祕訣

納斯魯丁以他的智慧，也以愚蠢出名，很多人前來請他開示。有一名虔誠的信徒找他找了很多年，終於在市場裡找到他。

納斯魯丁坐在一堆香蕉皮上——沒有人知道為什麼。

「噢，偉大的賢者納斯魯丁。」這位熱切向他求教的信徒說：「我必須問你一個非常重要的問題，我們都在尋找這個問題的答案：獲得幸福的祕訣是什麼？」

納斯魯丁想了一會兒。

「幸福的祕訣在於良好的判斷。」

「啊。」學生說：「可是我們該怎麼做出良好的判斷呢？」

「從經驗中記取教訓。」納斯魯丁回答。

「這樣啊。」學生說：「可是我們要怎麼吸取經驗呢？」

「從糟糕的判斷呀。」

# 14 幸福的祕訣

那是五年前的事了。現在，每當我回首那三個星期，都覺得那段時間猶如夢醒時分，你可以再閉上眼，重新回到夢境中。

當我開始倒數計時——還要幾分鐘才能再度開口說話的時候，我已經明白，自己會失去一些東西。如同我在五百天前失去自己的聲音一樣，現在我也將失去某種無聲——一種曾經帶給我許多收穫的無聲。因此在這段令人焦慮、強迫自己閉嘴不說話的時光，我努力溫習自己學到的教訓，把我在清醒時會想要記住的那些事，一五一十寫下來。

手術後滿三星期的那天，正好是猶太光明節的第一夜。全家人圍著我和以利亞用銅製小肘管搭成的燭台。塔莉握著蜜凱拉的手，點燃第一根蠟燭。我們吟唱頌歌，然後以利亞要我講故事。

「講故事？」我說：「好喔，那我就來講光明節的故事。」

我的聲音感覺起來、聽起來都跟在醫院動第二次手術期間一模一樣，也跟動第一次手術之前一模一樣。

我告訴他們一個奇蹟的故事：有一盞燈，照理說早該熄滅，但沒有。它反而燃燒了八天八夜，而且此刻還在窗台燃燒，映照他們的臉龐。他們站在窗邊，凝望玻璃好一會兒，然後蜜凱拉要我再講一個故事。我想了一下，那個故事浮現腦海。

「我有跟你們說過我伊齊外公的事嗎——比如他以前有多愛番茄醬？」

所以我開始告訴他們一個又一個故事，到今天還在講。現在我的聲音沒事了，有力又健康。沒有癌症的跡象。我回去工作——說故事的工作。每當我回想那段失聲的日子，就好像是我在另一個世界度過的時光。

在那個世界裡，媽媽健在。雷尼還在出謎題、玩把戲。以利亞仍是有一頭金色鬈髮的五歲男孩，蜜凱拉還是小寶寶。塔莉和我坐在屋後的門廊，看著落葉，沐浴在純真之中——我們甚至未曾察覺，自己一直擁有那份純真。

一旦你打開回溯過往的時光之門，其他的門也會跟著出現。其中一扇門後面站著我爸，英俊挺拔，一身白色禮服，拉著小提琴。媽媽還是那個明眸皓齒的克里夫蘭女孩，坐在伊齊外公腳邊，聽他講故事。

就這樣，我在這個世界與那個世界之間來回漂流，尋找自己一直在問的那些問題的答案：為什麼會發生這種事？是命中注定的嗎，是某項偉大計畫的一個環節嗎？

雷尼這麼認為。我到現在還聽得見他的聲音：「這是有原因的嗎？當然有！事出必有因。你、我，我們都是某個壯麗故事的一部分，每個人都在當中扮演著自己的角色。那是一張千絲萬縷縱橫交錯的掛毯，唯有至高的神才有能力編織。」

我願意相信他是對的。這樣就能解釋上帝為什麼會笑：因為一切**是**有原因的，只要明白那個原因，我們也會笑。

塔莉認為這種想法荒謬至極。「才沒這種事呢。就算真有上帝存在，祂也不會管你這些雞毛蒜皮的事。」

她當然是對的。想像上帝高高在上，拉著操控人間億萬故事的線——這太複雜，也太簡單了。不是這樣，我就是無法相信。

但我也不能反其道而行，認為凡事發生皆無來由。若是如此，就等於跳入一個充滿隨機和無意義的虛空。

所以我得出的結論是：我還是相信，世上發生的一切都有緣由。但有時緣由要到事情發生**之後**才會降臨。這個緣由，不是我們去找出來的，而是必須拿自身的苦痛與失去一點一滴鑿刻，再用愛與慈悲黏合在一起。不論我們多努力尋找，唯有在停下來思索，回頭看看自己走過的路、學到的事時，才會看出這個緣由。這個以生命為素材鍛造出一個緣由的過程，非常艱辛，但我們只能這麼做。然後我們付出這麼多心力，最終得到的回報就是：一個故事。

那麼，幸福的祕訣是什麼呢？我知道很多故事都在探討這個問題，甚至有故事以它為名。但對我來說，幸福的祕訣就坐落在人生一長串祕訣的最頂端。也許幸福的祕訣就是——根本沒有這種祕訣。但我們仍繼續尋覓，或許正是因為尋覓幸福這個簡單的舉動，就能帶給我們幸福。

至於乞丐國王呢——那就是另一個故事了。

尾聲

# 乞丐國王

流浪了一輩子，年華老去的所羅門王這會兒獨自坐在一艘船裡，在海上漂漂蕩蕩。他整天釣魚，想到好久好久以前，阿胥瑪戴把他放逐到半個世界以外的廣闊沙漠中，想到自己從那天起經歷的一切，感慨萬千。

先前他不得已行乞維生，四處流浪，想要找到相信他曾是一國之君的人。最後他放棄了，只求有人相信他是真的餓了。他靠乞討來的殘羹剩飯維生，一度找到工作，擔任當地國王的廚子，但不久就因為覺得很丟臉，失去了工作，他被流放到荒郊野外等死。要不是被一幫盜賊俘虜，他原本真的會死。盜賊把他賣給一名鐵匠當奴隸。他在那裡工作了七年才贖回自由身，並賺得一袋金子。他拿金子買了一艘船，希望船能載他回到自己摯愛的耶路撒冷。

他趁順風揚帆啟航，但出航不過一個月，風就停了，此後也一直沒再起風。放眼望去不見任何陸地，他逐漸意識到，自己的生命將會在這一片汪洋中步入終點——無人聞問，被人遺忘。

這樣的覺悟就像他這段旅程的每一個轉折一樣，也令他倏然一驚。但最讓他意外的是自己接下來的心情——竟然是完全心平氣和。到頭來，他就是接受了人生交給他的一切。

這一天，正當他陷入沉思時，忽然覺得釣線被用力拉扯。原來是一條大魚上鉤了，真的是非常大的魚，甚至把船拖著前後左右兜轉。僵持了好幾個鐘頭，所羅門王終於拉上一條大鯊魚——他從沒見過這麼巨大的鯊魚。剖開魚肚，他赫然見到裡面有其他牠吞下的小魚，包括一隻他從未見過的藍色小魚。雖然年老，雖然瀕臨死亡，但他依然有旺盛的好奇心。他也把那條魚剖開了——頓時愣住。因為他在這條魚的肚子裡，見到一件金光閃閃的東西——一枚戒指。他的戒指。

他把戒指拿起來對著光，認出內緣的刻字：是神不為人知的名字。於是，他緩緩地、慢慢地，把戒指套上手指。

轉瞬間，他發現自己置身一座宏偉宮殿，身穿華麗王袍，坐在一張舒服的椅子上。他見到自己身邊有侍衛圍繞，個個全神貫注，侍衛長比拿雅站在右邊。他的左邊，則站著那個高大的藍色惡魔——阿胥瑪戴——全身仍捆著鏈條。

阿胥瑪戴說話了：

「噢，陛下，我們還等著呢！你要回答問題了嗎？」

所羅門王驚訝得一句話也說不出來。過了許久，他總算開口：「問題？什麼問題？」

「欸，就是我一個鐘頭以前問你的問題呀！」

「一個鐘頭？怎麼會這樣，明明過了將近五十年……」

比拿雅說話了：「啟稟陛下，你已經坐在這裡不發一語，快一小時了。你是否願意回答那個問題了……」

「問題。對。問題。阿胥瑪戴，你可以再問一遍嗎？」

「好啊，陛下。你學到一點虛幻的事情了嗎？」

所羅門王沉默良久。然後，他對著阿胥瑪戴，慢慢點了頭。「有，我學到了，你可以走了。」

聽到他這麼說，大魔王大笑一聲，便開始縮小，越縮越小，越縮越小，最後縮成像小雞的大小。他鑽出鎖鏈，繞宮殿飛了三圈，就飛出窗外，飛過所羅門王建的神殿上空，消失無影蹤。

所羅門王重新開始治理他的王國，但他變了一個人。原先的傲慢不見了，也不再好大喜功。從這天起，他展現了過去不明白的智慧——「心」的智慧。他知道萬民擁戴的感覺，也明白迷惘孤獨，在世上一個朋友也沒有的滋味。他知道什麼是坐擁天下——也明白什麼是一無所有。因為他曾經同時是乞丐——也是國王。

# 故事背後的故事

追溯民間故事的由來是件棘手的工作。民間故事都經過輾轉流傳，結果到最後我們仍然不知某個故事最早究竟是在何時何地，以何種方式訴說。接下來，我要稍微說明出現在本書各章前面的故事。我會說說它們的出處、何時開始為人熟知，以及我第一次是怎麼聽到的。

## ◎乞丐國王

原始出處是巴比倫《塔木德》的〈休書〉（Gittin），數千年來已經有許多不同的版本。至於「夏米爾」蟲子具有鑿石神力的傳說，可能衍生自《聖經》禁止用金屬打造約櫃。

這個故事呼應了其他在穆斯林國家流傳的故事，「阿胥瑪戴」可能源自波斯的艾什瑪大魔。在以色列小說家平夏斯．沙德（Pinhas Sadeh）編選與改寫的《猶太民間故事》（*Jewish Folktales*，一九八九年）中，作者推測所羅門王的流浪可能是隱喻大衛王曾在非利士人（Philistines）當中顛沛流離、裝瘋賣傻的經歷。

本書出現的故事為縮減版，我參照了幾個不同的版本，並加入個人潤飾。我最早是從霍華．史瓦茲（Howard Schwartz）劃時代的猶太民間故事集《以利亞的小提琴和其他猶太童話》（*Elijah's Violin and Other Jewish Fairy Tales*，一九八三年）得知這個故事。如果你想閱讀這個故事較完整的版本，以及其他關於所羅門王和魔王阿胥瑪戴的故事，我推薦史瓦茲和沙德的這兩部大作。

## ◎塞翁失馬

這個故事一般認為出自老子的《道德經》，傳達了道家的核心信念。故事似乎由西漢王侯及詩人劉安（西元前一七九～一二二年）在著作《淮南子》中進一步改編。

我赴香港和中國旅行期間，常聽人引用這個故事；一旦事情不如意，人們就會說：「塞翁失馬，安知非福。」

我是從舊金山教會區的一位靈媒口中第一次聽到這個故事；後來說書人露絲．史托特（Ruth Stotter）給了我一份文字版。

## ◎跳上月亮的蟋蟀

這是我原創的故事，靈感來自我對爸爸的記憶。我也參照了我在緬甸民間故事〈太公國的豎琴師〉找到的主題。這個故事敘述一位父親夢想他的兒子能成為緬甸史上最偉大的豎琴演奏家。男孩努力不懈，但沒有天分，只會彈斷一根又一根琴弦、弄壞一把又一把豎琴。他過世許多年後，人們發現了那些損壞的豎琴，開始編造他琴藝非凡的故事。久而久之，他成了公認的偉大豎琴師。

## ◎樂觀與悲觀

這個故事雖然廣為人知，要追溯它的源頭卻是相當大的挑戰。最後我在舊金山公共圖書館的書堆深處找到一本奇特的小書，可能是故事最早的文字記載。這本書似乎本身就是一個故事，它的書名頁很有意思，值得在這裡介紹一下：

**捷克詼諧故事集**（*Waggish Tales of the Czechs*）

**原名** *Gesta Czechorum*

**因應美國大眾閱讀需求，由十五世紀捷克文原稿翻譯成英文，原編撰者為賈斯勞**

的雷霍爾・弗朗齊薩克（Rehor Frantisek, of Czaslau），先後出任茲克姆德伯爵（count of Zikmund，統治波希米亞及匈牙利的國王）及神聖羅馬帝國的施賑吏，以及泰尼斯特博赫丹・貝弗里克大亨（Magnata Bohdan Beverlik of Tynist）的服裝師。本書譯者為C. D. S. 菲爾斯（C. D. S. Feals）。

**發行人：諾曼・洛克威爾（Norman Lockridge）**

**憨第德出版社（The Candide Press）**

**一九四七年**

書中收錄標題為〈農家男孩的信念〉的故事：有三個富家子弟捉弄一個貧窮但憨直的男孩，在他的聖誕襪裡塞了馬糞。結果貧窮男孩說，聖誕老人送給他一匹馬。

我很久以前就聽過這個故事，但想不起來第一次是什麼時候聽到的。

**◎靜默誓**

這個故事似乎是改編自芬蘭一個頗受歡迎的故事（在挪威和愛爾蘭也有記載），名為〈吵死了〉：三個男子到世界最遠盡頭的一座幽谷避靜，發了靜默誓。七年後，其中一人說話了：「我聽到母牛哞哞叫。」其他兩人聽了很生氣，但保持沉默。七年後，第二個人開口：「那不是母牛，是公牛！」又過了七年，第三個人說：「我要離開了。這裡吵死了！」

我是在史丹佛念書時第一次聽到這個故事，告訴我的人是我宿舍的室友尼克・伯布勒斯（Nick Burbules）。

**◎尋找真相**

第一次從雷尼那裡聽到這個故事後，我就試著找出它的出處，但始終沒找到。我雖然找到許多文字版本，但這些版本的作者也無法追溯故事的源頭——這似乎就和真相本身一樣撲朔迷離。我將它歸於印度，主要是因為故事提到這個國家。如果有人對此有更多認識，請不吝告知。

**◎邊界衛兵**

如同這本書裡許多篇幅較短的故事，這個故事的多種版本常被認為出自蘇菲派的哲人納斯魯丁。有時走私客不是騎腳踏車，而是推著裝滿沙子的獨輪推車。早在雷尼告訴我之前，我就從朋友查理・蘭茲（Charlie Lenz）那裡聽過這個故事了。查理是奧地利人，住在瑞士靠奧地利邊界，在那裡教空手道。

## ◎約定

這個故事在中東民間故事裡有諸多版本，後來，美國作家約翰・奧哈拉（John O'Hara）一九三四年的小說《相約薩馬拉》（*Appointment in Samarra*）以此命名。奧哈拉是從英國著名小說家毛姆那裡聽到這個故事，毛姆也以死神為第一人稱，寫了這個故事廣為人知的文學版本。

我在雷尼告訴我之前就知道這個故事了。第一次是在一九八九年聽到瑞士塔爾維爾河濱學校校長奧古斯特・傑莫博士（August Zemo）講述。當時我在那裡短暫擔任過常駐說書人。

## ◎海烏姆的智慧

很多故事都講到這個傳說中的猶太傻瓜村，本書只提到其中一些。事實上，海烏姆確有其地，就位在當今波蘭盧布林東方約六十五公里處。這座城市過去確實曾有可觀的猶太人口，但沒有人知道它怎會跟傻瓜扯上關係。

很多講到海烏姆的故事也講到其他傻瓜村，包括英國的高譚、丹麥的莫爾斯、德國的希德堡、荷蘭的坎彭。在聽到我媽媽提及海烏姆後，我是經由宗教學校二年級老師貝妲·莫拉茲基（Bertha Molatsky）的介紹，正式認識這些故事。莫拉茲基老師也是天普市立圖書館的館員。見我無聊透頂，她就要我去讀以撒·巴什維斯·辛格寫的《山羊茲拉特及其他故事》（*Zlateh the Goat and Other Stories*），對此我永懷感激。

## ◎深埋的寶藏

這是我改編的猶太故事，原版故事常被認為出自布拉茲拉夫的納赫曼拉比（Rabbi Nachman of Bratzlav）。英國也流傳著類似的故事，名為〈史瓦夫漢的小販〉（The Peddler of Swaffham）。故事裡，貧窮小販住在門前有櫻桃樹的小屋，夢到倫敦的一座橋。他去了那裡，什麼也沒發現，但得知衛兵的夢境，於是回家，發現他在找的寶藏就埋在自己家的樹下。

這些故事都傳達了民間故事裡的一個重要主題：回家，尋找你以前沒有看見的事物。我最早是從爸爸那裡得知這個故事。

## ◎懸崖上的野莓

出自佛陀，這是典型的禪宗故事——非常簡短。從西方觀點看來，它的結局是懸而未決。就像禪宗公案一樣，這些故事的宗旨在於敞開、啟迪聽者的心靈與思想。

我最早是從《禪的故事》（*Zen Flesh, Zen Bones: A Collection of Zen and Pre-Zen Writings*，一九八九年版）一書獲知這個故事，編纂者是李普士（Paul Reps）。

## ◎赫謝爾臨終的笑

奧斯特羅皮利的赫謝爾堪稱文學版的納斯魯丁，史上確有其人，不過很多關於他的故事無疑是杜撰的。他是早年的單口相聲演員，曾擔任梅德比茲的博魯赫拉比（Rabbi Baruch of Medzibozh）的宮廷弄臣。博魯赫拉比是偉大的說書人以色列拉比巴・閃・托夫（Rabbi Israel, the Baal Shem Tov）的孫子，根據傳說，博魯赫的智慧遠不及祖父，因此任命赫謝爾來轉移民眾的注意力，掩蓋他的許多錯誤。結果此舉本身就是個錯誤，因為赫謝爾終其一生都在拿博魯赫拉比當笑柄。

一如海烏姆的故事，我最早也是從媽媽那裡聽到赫謝爾的名字。

## ◎快樂男子的內衣

這個故事在中古時代十分流行，它收錄於希臘文學作品《偽卡利斯提尼》（*Pseudo Callisthenes*）中，原本是講述亞歷山大大帝的事蹟。它在世界各地有多種版本流傳，包括阿富汗的猶太版和丹麥版，丹麥版後來成為安徒生童話〈快樂鞋〉的基礎。

本書採用的版本是從幾個故事改編而成，包括一個由義大利家庭主婦歐蘇拉·米儂（Orsola Minon）在一九一二年蒐集而來的故事，該故事收錄於伊塔羅·卡爾維諾（Italo Calvino）的著作《義大利童話》（*Italian Folktales*，一九八一年）。我是從海瑟·佛瑞斯特的《全球智慧故事集》（*Wisdom Tales From Around the World*，一九九六年）得知這個故事的背景。

## ◎園裡的狐狸

這個故事有很多版本，包括伊索寓言版和格林童話版：一匹狼從小洞鑽進燻肉室偷吃東西，結果吃得太撐，沒辦法從小洞逃出去。夏威夷、義大利和非洲各地都有其他版本流傳。

這個故事裡的「雙重束縛」——狐狸必須先不吃東西才能進花園，最後也得不吃東西才能離開——似乎是猶太人獨有的轉折。我是在爸爸的葬禮上第一次聽到這個故事，講者是法蘭克·艾克曼拉比（Rabbi Frank Ackerman, esq）。

## ◎幸福的祕訣

納斯魯丁可說是舉世聞名的哲人，在中東、北非、印度、中國等地的民間故事都有一席之地。他有許多化名，包括侯賈（Hodja）、侯加（Hoca）、喀吉（Khaji）、侯卡（Jocha），或直稱「穆拉」（Mullah），即波斯文的「老師」之意。雖然他的故事通常是世俗故事，但特別受伊斯蘭神祕教派蘇菲派珍視。

雖然很多國家都聲稱是納斯魯丁的母國，但一般相信他是在一二〇八年前後於土耳其出生。據說他也葬在那裡，他的墓有一道門，上了重重枷鎖，但四周沒有圍籬。

我是從舊金山皮偶師兼說書人艾莉莎瓦·哈特（Elisheva Hart）那裡第一次聽到〈幸福的祕訣〉。

# 致謝

我開始寫這本書時，以為寫作是一種孤獨的消遣。事實絕非如此。要不是許多才華洋溢又仁慈寬厚的朋友伸出援手，我絕對無法說出自己的故事。我要向下列諸位致上深深的感謝：Jane Anne Staw、Rand Pallock、Rich Fettke、Jerry及Loreli Sontag、Mark Pinsky和Jennifer Paget、Rob Saper、Andrew Hasse、Zahava Sherez、Susan Helmrich、Frances Dinkelspiel、Josephine Coatsworth、Mary Mackey、Chris Ritter、同為人父的Brett Weinstein、Rick Goldsmith、Dave Fariello和David Hershcopf；Ruth Halpern、Sharon和Peter Leyden、Mark Berger、Miriam Attia、Kelly Miller和Ranu Pandey、Rachel和David Biale、Sid Ganis和Nancy Hult Ganis、Adrianne Bank、我的表妹Cindy Wedel、阿姨Norma Glad，也感謝Jack Riemer拉比親切地允許我轉載他的故事。也要感謝綠谷農場禪修中心（Green Gulch Farm Zen Center），在我需要平靜安詳的地方寫作時，敞開大門歡迎我。

感謝學者和說書人鼎力助我研究「故事背後的故事」，尤其感激加州大學柏克萊分校的Alan Dundes教授、加州州立大學洛杉磯分校的Elliott Oring教授。也要感謝Ruth Stotter、Pleasant DeSpain、Heather Forest和Howard Schwartz，以及柏克萊公立圖書館的館員協助追查故事的起源。

感謝我的經紀人Barbara Lowenstein率先從我的故事裡想像出這本書。她把代理權轉給Dorian Karchmar，我很幸運一路得到她的智慧與設身處地的關照。

感謝亞崗昆出版公司（Algonquin）的每一個人張開雙臂歡迎這本書。感謝發行人Elisabeth Scharlatt和副發行人Ina Stern在我們需要時提供卓越的洞見和指導，我的編輯Antonia Fusco更是承擔吃重任務，幫助我這個首次出書的作者設想故事該納入和省略哪些部分。感謝她為這個艱鉅的挑戰帶來洞察力、毅力和出色的判斷力。

有些人送給我的禮物特別值得一提：我的爸媽遺傳給我對故事的熱愛；我的孩子，以利亞和蜜凱拉不斷賦予我說故事的靈感；舅子Hezi和姨子Ruthie給我堅定的信心。特別感謝摯友暨文友Jeff Lee給我源源不絕的建議和鼓勵，讓我得以繼續前進。最後，我要感謝塔莉，一個真正勇敢的女人，不僅陪我度過這本書裡描述的一切挑戰，更陪我熬過寫這本書的難關。她給我絕不動搖的支持與愛，還有編輯的敏銳度，對此我不勝感激。

國家圖書館出版品預行編目資料

乞丐國王的時光指環：經典歸來新譯版，殺不死我的，都會變成一則故事 / 裘爾．班．伊齊（Joel ben Izzy）著；洪世民 譯 . -- 初版 . -- 臺北市：先覺出版股份有限公司，2025.2
288 面；14.8×20.8 公分 --（人文思潮；178）
譯自：The Beggar King and the Secret of Happiness
ISBN 978-986-134-522-2（平裝）
1.CST：伊齊（ben Izzy, Joel.） 2.CST：說故事
3.CST：傳記
811.9 113019813

Eurasian Publishing Group 圓神出版事業機構 先覺出版社 Prophet Press

www.booklife.com.tw reader@mail.eurasian.com.tw

人文思潮 178

乞丐國王的時光指環：
經典歸來新譯版，殺不死我的，都會變成一則故事

作　　者／裘爾．班．伊齊（Joel ben Izzy）
譯　　者／洪世民
發 行 人／簡志忠
出 版 者／先覺出版股份有限公司
地　　址／臺北市南京東路四段50號6樓之1
電　　話／（02）2579-6600．2579-8800．2570-3939
傳　　真／（02）2579-0338．2577-3220．2570-3636
副 社 長／陳秋月
副總編輯／李宛蓁
責任編輯／林淑鈴
校　　對／李宛蓁．林淑鈴
美術編輯／金益健
行銷企畫／陳禹伶．朱智琳
印務統籌／劉鳳剛．高榮祥
監　　印／高榮祥
排　　版／杜易蓉
經 銷 商／叩應股份有限公司
郵撥帳號／18707239
法律顧問／圓神出版事業機構法律顧問　蕭雄淋律師
印　　刷／國碩印前科技股份有限公司
2025年2月　初版



定價 390 元　ISBN 978-986-134-522-2　